Sonya
ソーニャ文庫

あなたが世界を壊すまで

クレイン

JN131204

イースト・プレス

contents

プロローグ　世界を壊す方法

「クルト様、これが何かおわかりですか？」

クラウディアの広げた手のひらの上にあるのは、小さな飴玉(あめだま)だ。

色々な着色料と砂糖を煮詰めて作られたその飴は、陽の光を受けてまるで宝石のように
キラキラと輝いている。

だがその飴玉を前に、クルトと呼ばれた青年は、全く表情を動かすことはない。

ただぼうっと、興味なさげにその飴玉を見つめるだけだ。

膝裏(ひざうら)まで伸びた艶やかな銀色の髪に、銀色の目。抜けるような真っ白な肌。

完璧に整いすぎたその容貌のために、まるで無機質な人形のように見える。

そもそも彼からは、生きている人間の匂いがしない。

真っ白な貫頭衣(かんとうい)を着ているせいで、どこもかしこもが白く透明だ。

その肌の下に、クラウディアと同じ赤い血が流れているとは、到底思えない。

(相変わらず薄気味悪いのよね……)

まるで人間ではないものに、接しているような気分になる。

(——ああ、そういえば、正しく彼は人間ではないのだったわ)

そう、彼は神によって『人間ではない』とされている。

そして人は自分とは違う異質な存在に対し、警戒心を持つ生き物だ。

——クラウディアも、また。

だがクラウディアはそんな怯える心を押し殺し、小首を傾げて愛らしく笑ってみせる。

「なんだい？　それ」

するとようやくクルトが返事をした。その声もやはり抑揚がなく淡々としていて、感情が読めない。

「これは飴という、砂糖を煮詰めて固めたお菓子で、とても美味しいんですよ。頬の裏側がきゅうって痛くなってしまうくらいに甘いんです。食べてみませんか？」

砂糖は、王侯貴族であっても高級品だ。本来なら気安く人に譲れるものではない。

だがクラウディアはにこにこと笑いながら、飴玉を彼の形のいい唇の内側へと押し込んだ。

彼に、食への興味を持ってもらうために。

「…………あまい？」

無理やり口に入れられた飴玉をコロコロと口の中で転がしたクルトは、わずかに眉間に皺を寄せ、ただそれだけを言った。

普段彼は、ほとんど味付けのされていない、野菜だけの質素な食事をとっている。

教義上食事とは、罪なき他の生き物の命を奪う、罪深き行為であるとされている。よって生きる上で必要最低限としなければならず、そこに喜びを見出してはいけないというのが、エラルト神の教えだ。

これまでクルトは、ずっとそれを神殿によって強いられてきた。

だから彼は、今自分の舌先に感じる刺激を『甘い』と認識することができないのだろう。

神の名の下に、ほとんどの味を奪われてきたが故に。

（憐れなことね……）

――かつて神は、人に、人として犯してはならぬ罪を教えた。

曰く、それは『暴食』であり『怠惰』であり『強欲』であり『傲慢』であり『嫉妬』であり『色欲』であり、そして『憤怒』であるという。

これらに囚われることなく、清く正しく生きよと。神は人に命じたのだという。

だからこそ、クルトは神に仕える模範的信徒として、罪とされたそれらから徹底的に遠ざけられて育ってきた。

大神殿の奥深くに造られた、この擬似楽園の中で。

――なぜならば彼は、神が地上に遣わした救世主。預言の子であり神の愛し子。

世界で最も清く正しくあらねばならない、そんな存在であるが故に。

そしてクラウディアは、そんな彼を誑かすのだ。

創世記の悪魔のように。彼を堕落させんとして。

さあ、この圧倒的な甘味に感動し、心打たれるがいい。

「そう、これが『甘い』という味です。どうです？　クルト様。もっと食べたいとは思いませんか？」

クラウディアは口角を上げ、慈愛に満ちた表情で微笑む。

「……これを私がもっと食べたら、クラウディアは喜ぶのかい？」

「あなたがこれを気に入って、もっと欲しいと私に望むのであれば」

するとクルトは首を傾げ、しばらく考えた後で口を開く。

「別に、そんなに食べたくはないかな」

それを聞いたクラウディアは、小さく落胆のため息を吐いた。

どうやら甘味は、クルトのお好みではないようだ。

こんなにも甘くて美味しいものを、食べたくないとは。

甘党のクラウディアには、全く理解ができない。

やはりこれまで食の喜びを奪われ続けていたがために、食への興味を、味わう喜びを、そう簡単には取り戻せないのかもしれない。

おそらくクルトにとって食事は、食べることが可能で、体を動かす糧(かて)となるものであれば、なんだっていいのだろう。

――神の、望み通りに。

よって彼の口にこれ以上無理やり飴玉を詰め込んだところで、クラウディアの望む結果は得られなそうだ。

「……ごめんよ。クラウディア」

明らかに肩を落とした彼女に、クルトは無表情のまま謝る。妙なところで律儀である。

クラウディアは緩(ゆる)く首を横に振った。

監視の厳しい大神殿の中へ、この飴玉を持ち込むために、結構な苦労をしたのだが、仕方がない。

「ねえ、クルト様。では何か、欲しいものはありませんか？」

誰よりも尊い身でありながら、ただ生きて、存在することしか許されていない彼に、クラウディアは揺さぶりかけるように甘く問いかける。

だがクルトは、不思議そうに首を傾げるだけだった。

ありとあらゆる欲から遠ざけられて育った彼には、なんの欲もないのだ。

教団が作り上げた、神の望み通りにただ生きているだけの、美しい肉塊。

（本当に、それってなんのために生きているのかしら……？）

そんなものを、果たして人間と呼べるのか。

（……まあ、呼べないからこそ、神の子なのかもしれないわね）

そのありように、クラウディアは痛ましささえ感じる。

神の教えのままに生きると、人間はこんなにも人間らしさを失うのだ。

「……私はあなたに、もっと世界を教えたいのです」

だからこそクラウディアは、クルトにこの世界の全てを、見せつけてやりたいのだ。

人が当然として持つ厭らしい感情を、見苦しい欲を、全ての罪を、この哀れな肉塊に覚えさせてやりたいのだ。

神が罪としているものは、本来人が人として生きる上で、必要なものであるのだから。

そして彼を神の子からただの普通の人間に、堕落させてやるのだ。

クラウディアと同じ、人間に。

「別に、何も思いつかないかな……」

だがクルトは気だるげに、首を傾げるだけだった。

彼は、驚くほどこの世界に興味がないのだ。

――そうあれと、神が望んだ通りに。

（おそらくは彼に、明確な意思や望みがあったら、困ってしまうからでしょうね）

この世界に、人間に、関心がなければ、滅びを望むこともないだろう。

幸福も喜びもなければ、不幸も悲しみもないのだから。

その全てを奪ってしまえばいい。

クルトは死ぬまでこの神殿の奥深くで、神の子として、人間の王として、ただ祈りの日々を送っているだけでいいのだ。

――さすればこの世界の全ては、このまま永遠に人間のもの。

（……でもね、それじゃ私は困るのよ）

彼にはクラウディアと同じように、世界を恨み、憎んでもらわなければならないのだ。

そして、この醜い世界の滅びを、望んでもらわなければならないのだ。

そのためにも、まずはクルトに、クラウディアと同じところまで、堕落してもらわねば。

（神も人間もこの世界も、何もかもいらないわ）

――これはクラウディアの、世界と神への復讐なのだ。

クラウディアが思考を巡らせていると、クルトが口の中に自らの指を突っ込み、含んでいた飴玉を取り出した。

やはり、薄味に慣れているクルトには、刺激が強すぎたらしい。

今更になっての度を超えた甘味は、彼にとって不快でしかないのだろう。

「むぐっ」

そしてクルトは取り出した飴玉を、そのままクラウディアの口に押し込んだ。

飴玉が舌先に触れた瞬間、頬の内側がきゅっと収縮するような感覚に襲われる。

それから敬虔(けいけん)な修道女として暮らし、長く味わってこなかった、圧倒的な甘みがクラウディアを襲う。

(美味しい……！)

この飴玉が元々目前の男の口の中にあったことなど、どうでもよくなってしまうほどの、圧倒的な幸福感。

思わずクラウディアの頬が緩み、目が潤(うる)んだ。

そんな彼女の表情を見て、クルトがわずかにその美しい銀色の目を見開く。

「クラウディア、嬉しい？」

そう聞かれて、クラウディアは素直に頷(うなず)く。甘いものは大好きだ。

するとそれを見たクルトが、少しだけ目を眇(すが)めた。

「それは、よかった」

それは笑顔とはとても呼べない、けれども確かに表情と言っていいもので。

　思わずクラウディアは、口の中の甘味も忘れて、見惚（みと）れてしまった。

（なんて美しいのかしら……）

　やはりこれは、人間が許される美しさではない。神の領域だろう。

　けれど人形のようだった彼に突然生々（なまなま）しさを感じ、見てはいけないものを見てしまった気がして。我に返ったクラウディアは慌てて目を逸（そ）らした。

　目の前の男を堕落させねばならないのに、己が堕落してどうするのか。

（今回は失敗ね……）

　どうやら食でクルトを堕落させるのは、なかなかに難しそうだ。

　彼はあまりにも、『食』に対し興味がない。

（さて、どうやって彼を堕落させようかしら……）

　まだ方法も、犯（おか）させるべき罪も、たくさんある。

　なんとかクルトに罪を犯させ、堕落させ、この世界の滅びを望んでもらわなければ。

　そしてクラウディアは、彼に差し出す甘い果実を、また模索し始めた。

第一章　神との邂逅

この大陸では全能神として、エラルトという名の神が信仰されている。

全能神エラルトは、唯一無二の神である。

この大陸に、エラルト神以外の神は存在しない。

エラルト教は厳格な一神教であり、その他の宗教は全てが邪教とされているためだ。

かつてわずかながらにあった他の土着の神は全て邪神とされ、その信者たちはエラルト神の名の下に、異教徒として虐殺(ぎゃくさつ)されたという。

こうして、この大陸ではエラルト神以外の神は全て淘汰(とうた)された。

そのエラルト教の総本山である、エラルト神国。

かつて最初の人間が降り立ったとされる地であり、大陸の中央に位置し世界で最も国土の小さな国でありながら、神の名の下に、どの国よりも大きな権力を持つ宗教国家だ。

国をまっすぐに貫く街道に沿って神殿が立ち並んでおり、その様はどの国の王宮よりも絢爛豪華だ。

これらの施設にどれほどの金がかかっていることか。

――この世界の全ての信仰と富が集まる、神の都。

（……やっと、ここまできた）

馬車の窓からその壮麗な街並みを眺めながら、クラウディアは感慨深く思った。

クラウディアが迎えの神官たちと共に乗り込んだ馬車は、白く塗られ、隅々まで金で装飾された、豪奢なものだ。

真紅のベルベットが張られた座席は柔らかく、尻が深く沈み込む。

（清貧の教えは、一体どうしたのかしらね……）

クラウディアはその贅沢さに、心底呆れる。

これは、明らかに王族や上位貴族が使用する水準の馬車である。

そして向かいの席に座る神官たちを見て、さもありなんと、心の中で嘲笑する。

クラウディアがこれまで暮らしていた修道院では、日々の生活の全てを自給自足で賄っており、必要最低限の粗末な食事しかとることができなかった。

長きに亘る修道院での過酷な日々により、クラウディアの肌と髪はかつての艶を失い、唇や指先は乾き、いつもひび割れ血を滲ませていた。

だというのに目の前にいる神官共は、皆ぶくぶくと肥え太り、艶々と脂が乗って血色が良さそうだ。

同じ神に仕える身でありながら、随分な差である。これは一体どうしたことか。

「あのお方にお仕えできることを、光栄に思うがいい」

神官の一人が、もったいぶった口調で宣う。

もちろんクラウディアは微笑んで、「お選びいただきありがとうございます」と言った。

本心だった。ようやくこれで復讐の一歩を踏み出すことができる。

信仰心を捨てた身で、必死に敬虔な修道女を演じ続けていた甲斐があるというものだ。

この役目を得るための恥辱と忍耐の日々を思い出し、クラウディアは達成感に包まれる。

やがて馬車はエラルト神国中央に位置する、大神殿の前で停まった。

一度来てみたかった、見上げるほど大きく壮麗な神殿。このエラルト神国の、象徴。

神官たちに連れられて中に入れば、そこはクラウディアが生まれ育った国の王宮よりも、はるかに豪華絢爛な空間だった。

そこら中に金による装飾が施され、神の絵が描かれ、ステンドグラスから、色とりどりの光が差し込んでいる。

おそらくは大陸中の信者たちから吸い上げた喜捨によって、作られたものだろう。

クラウディアは圧倒されて、周囲を見渡す。

そんな彼女を、事情を知らない通りすがりの神官が、物珍しげに見やった。

この大神殿には、基本的に男性の神官しかいない。

よって修道女とはいえ女性であるクラウディアがここにいることが、不思議なのだろう。

あからさまに攻撃的で侮蔑的な視線も、いくらか感じる。

エラルト神は、色欲を罪としている。よって女性という存在は、男性を堕落させ、道を誤らせるもの、という考えが根深いのだ。

女性という存在自体を見下し、敵対視する神官も少なくない。

そのため神に仕える場は、そのほとんどが男女別になっており、互いに接点を持てないように徹底的に管理されている。

随分と失礼な話だとクラウディアは思う。

明らかに責めるべき矛先を間違えているだろう。

それは女性という存在が男性を堕落させるのではなく、ただ単に彼らの意志や理性が脆いというだけの話だ。

女だというだけで、男を誘惑する存在だなどと決めつけられるのは迷惑である。

クラウディアは蔑むような視線に対し、にっこりと余裕を持って微笑み返してやった。

するとその視線主の神官が、あからさまに顔を赤らめ動揺する。

なんともたわいもないと、クラウディアは鼻で笑う。

頭巾（ウィンプル）の下に隠されている緩く波打つ黄金の髪。染みひとつない白い肌。薔薇（ばら）色の頬。小さな顔に品よく整った目鼻立ち。そして修道服を持ち上げる、大きな胸。

クラウディアは自分が男性の劣情（れつじょう）を煽（あお）る容姿をしていることを、よく知っていた。

そして、それが自分の武器であることも。

神を深く信仰していた頃は、この扇情（せんじょう）的な己の容姿を恥じたものだが、今となっては利用価値を見出し、むしろ誇らしく思うほどだ。

神官たちに案内され、大神殿の奥へと進んでいく。

やがて大神殿の最奥（さいおう）と思われる、重厚な金属製の扉の前にたどり着いた。

堅牢（けんろう）なその扉に、クラウディアは違和感を持つ。

まるで、なんらかの猛獣を閉じ込めているような厳重さだ。

（なぜなの……？）

ここにいるのは、このエラルト神国で最も尊い存在。

――神の子であるはずなのに。

重く分厚い両開きの扉が、神官たちの手によってゆっくりと開かれていく。

隙間から差し込む眩（まぶ）しい光に、クラウディアは目を細めた。

そしてそこに広がるのは、一面の花畑。

（……なんて綺麗なのかしら）

どうやら大神殿の中庭のようだ。光の中で、美しい色とりどりの花々が咲き乱れている。

「まるで聖典に出てくる、楽園のようですね」

聖典の一節にある、神が一番最初に作った人間を住まわせていたという、楽園。

最初の人は罪を犯し、神によってその楽園から追放され、地上に堕とされたのだという。

だがそんなクラウディアの言葉を、神官たちは小馬鹿にしたように嘲笑う。

ドーム型の高い天井には透明度の高いガラス板が張られており、暖かな日差しが降り注いでいる。

季節にそぐわぬ花々が咲いているのは、温度と湿度が高く保たれているからだ。

そんなこともわからないのかと、やはり女は愚かしいと、そう思っているのだろう。

（そのまませいぜい侮っているといいわ）

クラウディアが無知を装い、うっとりと周囲を見渡せば、その中央に、一人の男が立っていることに気づいた。

「……まあ……！」

その姿を目に映したクラウディアの口から、思わず感嘆の声が漏れた。

（なんて美しいの……！）

こんなにも美しい男を、初めて見た。

透き通るような銀の髪に銀の瞳。非の打ちどころのない整いすぎた顔。真っ白な肌。

まるで大理石で作られた、彫像のようだ。

あまりにも現実離れしたその容貌に、クラウディアは唖然として見惚れてしまった。

とてもではないが、自分と同じ、血の通った人間とは思えない。

神の子だと言われたら、確かに信じるしかない、畏怖(いふ)さえ感じる美しさだ。

どうやら向こうも、クラウディアに気づいたらしい。

振り返り、クラウディアを見ると、その美しい銀色の目をわずかに見開いた。

「これからお前がお世話することになる、尊きお方だ。ほら、ご挨拶をしなさい」

神官に命じられ、クラウディアは慌てて修道服の裾を小さく持ち上げると、腰を屈めて頭を下げた。

「お初にお目にかかります。私はクラウディアと申します」

そしてクラウディアは、礼儀正しく挨拶をする。

生まれに恥じぬ、完璧な淑女(カーテシー)の礼を。

修道女となった日から、実家とは縁を切ったものと見做(みな)されるため、姓は名乗らない。

(……そういえば、神の子にも、名前はあるのかしら?)

名乗ってからふと思った。このまま『神の子様』もしくは『尊きお方』と呼び続けるのも、なにやら違和感がある。

すると神の子はクラウディアのほうへと、音を立てずに歩いてきた。

妙な圧迫感を感じ、クラウディアの心臓がバクバクと嫌な音を立てる。

手を伸ばせば触れられそうな距離で、神の子はようやくその足を止めた。

なぜか不思議と息苦しい。ただそこにあるだけで畏（おそ）れてしまう、存在感。

(……けれどよかったわ。神の子といえど、人の心を読んだり悪意を察したりすることはできないようね)

死後の世界で、神はその人間の心の中まで全てを暴（あば）き、天国に昇らせるか地獄に落とすかの裁定を下すのだという。

だがどうやら神の子には、そういった類（たぐい）の能力はないようだ。

そのことに、クラウディアは内心安堵する。

もし彼に他人の心の中までも読み取れる能力があるならば、クラウディアの中にあるどろどろに煮詰めた真っ黒な復讐心に気がついて、こうして警戒心もなく彼女のそばに近づいてきたりはしないだろうから。

「……クルト」

そして神の子は抑揚のない声で、ただそれだけを言った。

低く響く、美しい声にクラウディアは聞き惚れる。

(確かクルト、って……)

『クルト』とは、聖典に曰く、神が作りたもうた最初の人間の名前だったはずだ。

かつてエラルト神の敬虔な信者だったクラウディアは、聖典の内容を一言一句違わず記憶しており、その全文を諳んじることができる。

だからこそ、その意味にすぐに気づいた。

だがクルトの言葉には、主語もなければ述語もない。

彼は一体何が言いたいのだろうかと、クラウディアは小さく首を傾げたところで。

「……この方のお名前だ」

クラウディアの横に立っていた神官が、なぜか苦虫を嚙み潰したような顔で、教えてくれた。後で知ったことだが、クルトがこんなふうに自ら名を名乗るのは、このときが初めてであったらしい。

だからこそ神官たちは、クルトの興味を引いたクラウディアに嫉妬したのだ。

「クルト……様」

クラウディアがその名を呼べば、クルトは温度を感じさせない冷たい銀色の目で、じいっと彼女を見つめた。

正しく言うならば、修道服を大きく盛り上げている、クラウディアの胸を。

「…………」

クルトは生まれてからずっと、この大神殿の奥深くで男性神官に囲まれ、彼らの手によって育てられたのだという。

つまりは、女性を見ること自体が、初めてなのだろう。

だからこそ、クラウディアの見た目に、違和感を覚えたのかもしれない。

ならばその不躾な視線は、仕方のないことなのだろう。

実際に胸を見つめるクルトの視線に、性的欲望のようなものは感じなかった。

どうせなら顔を見てほしいと思いつつも、クラウディアは気にしないことにした。

クルトはクラウディアよりも、頭二つ分ほど身長が高い。

クラウディアは首を大きく反らして彼を見上げると、顔をにっこりと微笑みの形にした。

何よりもまず大切なことは、クルトに嫌悪や警戒心を持たれないことだ。

そしてできるだけ、自分に対する好感度を上げるのだ。さらに彼からの信頼を勝ち取れれば、完璧である。

思うがままに操れるくらいに、彼にとって大きな存在にならなければ。

クラウディアがそのための策略を頭の中で巡らせていた、そのとき。

「えっ……？」

突然クルトの腕が伸びてきて、クラウディアの右胸をその大きな手のひらで鷲掴み（わしづか）みにした。

――しかも、かなり強めに。

彼の手で掴（つか）まれ、ぐにゃりと大きく形を変えた自分の胸を見て、クラウディアは頭の中が真っ白になった。

遅れて強く握られたことによる痛みがやってきて、徐々に我に返る。

(一体、何が……?)

さらにクルトはそのままぐにぐにと、無遠慮にクラウディアの胸を揉み始めた。

彼の手のひらの中で卑猥に形を変える自分の胸を、クラウディアは信じられない思いで見つめ。――――そして。

「っ……!」

ようやく一体何をされているのかの認識が追いついたクラウディアは、羞恥のあまりカッとなって、思わずクルトの頬を手で打ってしまった。

パァン、と乾いた、いい音がした。

(しまった……!)

すぐに理性を取り戻したクラウディアの全身から、血の気が引いた。

よりにもよって、神の子に暴力を振るうなんて。

あまりのことに、内心悲鳴を上げる。

「貴様! クルト様に何をしている!」

同じくようやく状況を把握した神官が、怒声を発する。

「も、申し訳ございません。ですが……!」

クラウディアはクルトによる、性的嫌がらせの被害者である。

いくら神の子とはいえ、初対面の女性の胸を、許可なく揉んでいいはずがない。

「クルト様に触っていいただいたのだぞ！　むしろ光栄に思い喜ぶべきであろう！」

「えっ……？」

神官の発した信じられない言葉に、クラウディアは愕然とする。

確かに相手は預言の子。神の愛し子である。

どうやらエラルト神に仕える聖職者ならば、神の子たるクルトに胸を揉まれたら、揉んでいただいたと喜ぶべきであったようだ。

むしろ「こちらもどうぞ」と、左胸をも差し出すべきだったのかもしれない。

（気持ちが悪い……！）

クラウディアは腹の底から込み上げた嫌悪感に、震え上がる。

神の名の下に行われるのであれば、加害行為すら祝福となるのか。

想像するだけで、クラウディアは吐きそうになった。

明らかに頭がおかしいだろうと思い、だが狂信者であればおかしくないのか、と思い返す。神を疑わぬかつての自分であったなら、言われるがまま、それを受け入れてしまったかもしれない。

だが信仰から目を覚ましてしまったクラウディアには、ただただその盲信的な思考に、生理的な嫌悪しかない。

クルトはクラウディアの胸から手を放し、打たれた左頬をそっと押さえて、なにやらぼうっとしている。

「クルト様、この不届き者が申し訳ございません！　今すぐ冷やすものを持ってまいります！」

神官の一人が労わしげにそう言って、慌てて中庭から出ていく。

クラウディアを見やる周囲の神官たちの目が、非常に冷たい。

沸々と、怒りと悔しさが湧き上がってくる。

だがここで、クルトの世話係から外されるわけにはいかないのだ。我慢するしかない。

生理的嫌悪を必死に堪えつつ、クラウディアがクルトに左胸を差し出そうとした、そのとき。

「クルト様、どうやらこの娘はあなた様のお世話係には不適格なようです。今すぐ修道院に戻し、新しい者を連れてまいります」

この場で最も位の高いと思われる神官が、そう言ってクラウディアの腕を摑み、中庭の外へと連れ出そうとした。

クラウディアの背中に、冷たいものが走る。

ここから追い出されたら、一巻の終わりだ。

「お待ちくださいー　二度とこのようなことはいたしません！　お許しくださいー……！」

クラウディアは必死にクルトに縋った。ここまで来るのにどれだけ苦労をしたことか。このまま追い出されては全てが無に帰してしまう。

感情が激して、思わず目に涙が浮かぶ。

「どうか……！　お許しを……！」

するとクルトが、クラウディアを引きずる神官の腕を握った。

「……これがいい」

クルトの口から淡々と発された言葉に神官は驚き、クラウディアから思わず手を放した。

するとクルトは、その神官から奪うようにクラウディアの腕を掴み、自らのほうに引っ張った。

その手は思いのほか力強く、クラウディアはクルトのほうへとよろけてしまう。

クルトは己の胸元に倒れかかってきたクラウディアを、なにげなく支えた。

華奢なように見えるが、体幹は意外にしっかりとしているようだ。

彼を見上げれば、陶器のように白い頬に、くっきりと真っ赤なクラウディアの平手の痕があった。

その赤みが随分と痛々しく見えて、クラウディアは恐る恐る彼に声をかけた。

「……クルト様。触れても？」

クルトが不思議そうな顔をして、幼くこくりと頷く。

クラウディアは労わるように、先ほど平手打ちを食らわせ、若干赤くなってしまったクルトの頬に、そっと己の手を重ねた。

「痛かったですよね。本当に申し訳ございません……」

そして上目遣いで彼を見上げ、うるうると目を潤ませながら、心配する演技をする。決してわざとではなかったのだと、どうしてもここにいたいのだと、必死に視線で訴える。

「いたい……。これが、『痛い』」

するとクルトは、そう言って一人納得したかのように、頷いた。

彼は生まれたときからかすり傷ひとつ負わぬよう、徹底的に管理されて生きてきたようだ。故に、痛みを経験する機会も、ほとんどなかったのだろう。

「私は、これがいい」

神官に向かい、クルトはもう一度はっきりとそう言った。

クルトのそんな物言いに、クラウディアは居心地の悪さを感じる。

まるで玩具や家具など、無機質なものを選んだときのような言い草だ。

きっと彼はクラウディアに対し、それらと同程度の感情しか持っていない、ということなのだろう。

「……クルト様。どうぞ私のことは『これ』ではなく、『クラウディア』と、名前で呼んではいただけないでしょうか？」

図々しいと、何を言い出すのかと、また神官たちがクラウディアに冷たい目を向けてくる。おそらく彼らも、未だクルトに名前で呼ばれたことがないのだろう。

「クラウディア……」

だがクルトの血の気を感じられない薄い色の唇から、素直にクラウディアの名が紡ぎ出される。

それに対し、クラウディアは嬉しそうに、にっこりと笑ってみせた。

なにやら神官たちが、衝撃を受けたような顔をしている。

きっと彼らも、本当はクルトに名で呼んでほしいのだろう。

だが神の子に対し畏れ多くて、そんなことは言い出せなかったのだ。

——信仰心の全くない、クラウディアとは違って。

「ありがとうございます、クルト様」

クラウディアはクルトの名前を呼び、自分の名前をクルトに呼ばせることで、彼の中にクラウディアへの愛着を持たせ、彼にとって少しでも特別な存在になろうとしたのだ。

人間とて一度名前をつけ可愛がってしまった家畜は、なかなか屠殺できないものだから。

「クラウディア。私は、痛いことは嫌だ」

どうやらクルトは、痛いことは嫌いらしい。

ごく当たり前のことなのだが、彼は今更ながらそんなことに気づいたようだ。

思わず笑ってしまいそうになったが、クラウディアは堪え、彼を馬鹿にせずにしたり顔で頷いてみせる。

「ええ、痛いことは嫌ですわよね。もう二度といたしません」

そしてまたクルトの滑らかで体温の低い頬を、そっと撫でる。

「だけど、クラウディアの手はいいな」

どうやら叩かれるのは嫌だが、撫でるクラウディアの手のひらは、気に入ったらしい。

クルトはクラウディアの手に頬をすり寄せ、わずかにうっとりと目を細めた。

まるで猫のようだと、クラウディアは思う。

「クルト様。本当にクラウディアでよろしいのですか？」

一人の神官が、念押しするように、恐る恐るクルトに聞いてくる。

神官たちはクラウディアを、クルトの世話係としては不適格だと考えているらしい。

それに対し、クルトはしっかりと首を縦に振ってみせた。

これまで神官たちに従順だったのだろうクルトが、自らの意志を明確にしたことに、神官たちは取り繕うような微笑みを浮かべつつも、警戒の色を隠さない。

(ああ、クルト様は刺激に飢えていらっしゃったのね)

神官たちは、クルトを敬いながらも、その一方で酷く恐れている。

彼が神から預けられた、預言の子であるが故に。

喜びも楽しみも悲しみも苦しみも痛みも。

ありとあらゆる刺激を与えないようにしていたのだろう。

それを知ることでクルトが、この世界が、どうなるかわからないから。

ただ生きて食べて寝て祈りの言葉を吐くだけの生を、益にも害にもならぬ生を、一方的にクルトに強いていたのだ。

だからこそ『痛み』であっても、自分に刺激を与えたクラウディアのことが、クルトは気になったのだろう。

まさか平手打ちをしたからこそ、気に入ってもらえるとは思っていなかった。

人生とは何が原因で、どんなふうに転がるかわからないものである。

クラウディアの排除に失敗した神官たちは、なにやら酷く悔しそうだ。

「……では、これからお前が暮らす部屋へ案内する。ついてこい」

どうやら無事、大神殿の中に一室与えてもらえるらしい。

クラウディアが気に食わないのだろう、随分とぞんざいな扱いにはなったが。

「……はい。それではクルト様、御前(ごぜん)を失礼いたします」

ほっと安堵の息を吐いて、クラウディアがクルトに一礼し案内の神官について行こうとした、そのとき。

またしてもクルトの手が、クラウディアの腕を掴んだ。

「クラウディアも、私の部屋にいればいい」

そして、突然とんでもないことを言い出した。

「部屋も寝台も私一人では大きいから、一緒にいてもなんの問題もない」

「え……いや……その……」

それはむしろ問題だらけだろうと、クラウディアは慌てる。

クルトはきっと若い未婚の男女が同じ部屋で暮らすという、その意味を何もわかっていないのだろう。

なんせ彼はそもそも女性という性別の人間に、今、初めて出会ったのだから。

貞操(ていそう)観念自体を持ち合わせていない可能性が、非常に高い。

「私はクラウディアと一緒にいる」

神官たちもさすがに顔色を変え、それは難しいのだとクルトに必死に説明し、説得しようとした。

「クラウディアと一緒がいい」

だが彼は断固として、クラウディアの腕から手を放そうとしなかった。

「では、くれぐれもクルト様に失礼な真似をしないように」

そして、あまりに頑(かたく)ななクルトに、折れたのは神官たちだった。

そもそもクルトはこの大神殿において、最も尊い存在なのだ。

その意志を無視することは、神に仕えるものとして、できなかったのだろう。

説得を諦めた神官たちは、しっかりとクラウディアに念を押した後で、渋々ながらその場を後にした。

クラウディアはクルトと共に、楽園のような中庭に取り残されてしまった。

こんなにも何もかもがうまく進んで、いいものなのだろうか。

まるで悪魔が自分に協力しているようだ、などと思い失笑する。

それでもいいと、むしろそれがいいと、クラウディアは思った。

もとより魂など、復讐のため、とっくに売り払っている。

(さあ、クルト様を堕落させましょう)

クラウディアはクルトに向かい合い、いつものお得意の、慈愛に満ちた微笑みを浮かべてみせた。

まずはクルトを依存させ、自分の言うことをなんでも聞くように、躾けなければ。

彼を見る限り、体こそ成人男性の大きさだが、その精神年齢は随分と幼く、死んだ弟と同じかそれ以下であろうと思われる。

うまくすれば母親のように、支配し操ることも可能だろう。

さて、まずはどうしようかと考えていると、またしてもクルトが手を伸ばし、クラウディアが被っていた頭巾を勝手に剝ぎ取ってしまった。

幼い頃、自慢にしていた金の巻き毛がふわりと背中に広がり、クラウディアの小さな白い顔を縁取る。

その様子をクルトがじっと見つめ、それからクラウディアの柔らかな髪を、無遠慮にぺたぺたと触った。

修道女とはいえ、淑女の髪を勝手に触るのは、非常に礼儀を欠く所業だ。

クラウディアはピシャリとクルトを叱る。

「……クルト様。勝手に人の体に触れてはいけませんよ」

「……なぜ？」

クルトは不思議そうに首を傾げた。クラウディアは思わずため息を吐きそうになるのを必死に堪える。

それは人間としての常識だ。他人に、それも異性に許可なく触れてはならないという。

だがやはりクルトは、その当たり前も知らないらしい。

彼に触れられて嫌がる人間など、これまで周囲にいなかっただろうから。

「私の体は、私のものだからです」

「……私は、クラウディアを触ってはいけないのか？」

「ええ。世界は自分のものと他人のものに分かれています。自分のものは好きにしてもかまいませんが、他人のものはその持ち主の許可なく勝手に触ってはいけないのですよ」

それは、人間ならば子供のときに、当然のこととして親や教育係から教えられることだ。

だが、神の子であるクルトは、おそらく人間としての真っ当な教育を受けてこなかったのだろう。

神官たちはこれまでクルトが何をしようが窘(たしな)めず、好きなようにさせていた。

――全てあるがままに、と。そう育てられてしまった。

だから自分のものと、他人のものの区別もつかない。

せめて人間としての必要最低限の常識や礼儀くらい、教えておけばいいものを。

神殿の者たちは神への祈り以外、必要なことを何も彼に教えなかったのだ。

神の子といえど、所詮は大神殿の奥に、閉じ込めておくだけの存在だ。

どんなに人間としての何かが欠けていようが、問題にならないのだろう。

(……本当に、おぞましいことね)

「だったら私は、どうしたらクラウディアに触れることができる?」

「ですから相手に触れてもいいか、ちゃんと許可を取りましょう」

するとクルトは、先ほどクラウディアが言っていた言葉を思い出したのだろう。

「……クラウディア。君の髪に触れても?」

自らの口で、クラウディアに許可を求めた。

クラウディアはよくできました、とばかりににっこりと微笑む。

「ええ、どうぞ。ですが優しく触れてくださいね。強く引っ張ったりしてはいけませんよ。私が痛いので」

「私が髪を引っ張ったら、クラウディアは痛いのか？」

「ええ、もちろん。人間ですもの。痛みはありますよ」

自分は家具や道具ではなく、意志を持った一人の人間であるのだと。

クルトにそう認識させるため、クラウディアは優しく言い聞かせる。

「……わかった。優しく触る」

クルトは素直にこくりと頷く。

思ったよりも言葉が通じることに、クラウディアは内心で安堵した。

クルトの長い指が、クラウディアの金糸の髪を梳る。

クラウディアの金の髪は細くて絡まりやすい。朝起きてすぐは、まず櫛が通らない。

一方クルトの銀の髪はまっすぐで、彼が動くたびにさらさらと流れる。

手入れが楽そうで、実に羨ましい。

「ふわふわだ……」

クラウディアの髪を触りながら、ほんの少し嬉しそうな弾んだ声でクルトが言った。

地肌を滑るクルトの指が、非常に心地がいい。

クラウディアもうっとり目を細めてしまった。

こんなふうに人に触れられるのは、久しぶりだ。

不思議とクルトに触れられても、嫌悪感が全くない。

おそらく性的なものを、一切感じさせないからだろう。

クルトは満足するまで執拗にクラウディアの髪を触った後、中庭に沿うように接した彼が暮らしているという部屋へと彼女の手を引いて連れ込んだ。

中に入ってみれば、確かに広く清潔な部屋だ。中庭からの日当たりも、風景もいい。

だが、これまで見てきた大神殿の絢爛豪華な内部を思えば、明らかに質素だった。

神官共は、自らは贅沢な生活をしながらも、神の子たるクルトには、教典にて説かれている通りの清貧な生活を強いているようだ。

おそらくここでの生活以外を知らないから、クルトがそれに対し不満を持つことも、疑問を持つこともないのだろう。

(返す返すも腐った組織ね……)

でっぷりと脂の乗った神官共の顔を思い出し、クラウディアは憤る。

彼らはクルトの無知につけこんでいるのだろう。

それこそクルトに平手打ちしたクラウディアよりも、よほど神の子に対する冒瀆ではなかろうか。

これからクラウディアがすることは、そんな彼らよりもはるかに罪深いことなのだから。

（まあ、いいわ……）

クラウディアが暗い目でそんなことを考えていると、きしりと耳障りな音を立てて、クルトが寝台に上がった。

「おいで、クラウディア、一緒に寝よう」

そして、服を一気に脱ぎ捨て全裸になると、クラウディアに手を差し出して、彼女を呼んだ。

「…………！」

まさかの神の子、このままクラウディアと同衾する気満々である。

しかも全裸で。

上も下も、どこもかしこも丸見えである。悲鳴を堪えた自分を褒めたい。

全く無駄な肉のない、折れそうなほど細く白い体だ。中性的で、まるで妖精のような。

もちろん彫刻などの美術品でしか見たことのない下半身からは、必死に目を逸らした。

おそらくクルトには、羞恥心自体が備わっていないのだろう。

それなりに色々と覚悟を決めてここにいるつもりだが、まさかこんな展開になるとは思っていなかった。

クラウディアは、泡を吹きそうだった。

色々あって心の中は真っ黒に荒んではいるものの、十五のときから修道院で清く正しく生きてきたクラウディアは、一応、貞淑な娘なのである。

（……けれど、神の子が『色欲』の罪を犯したらどうなるのかしら？）

そう考えれば、悪くない。これで彼に神が定めた罪を犯させることができる。

復讐を前にすれば、自分の貞操など、どうだっていい。

覚悟を決めたクラウディアは、それでも震える足で、クルトの待つ寝台へと向かう。

そしてやはり酷く軋む寝台に乗り上げて、クルトの隣に横たわった。

「……クラウディア、触ってもいいか？」

クルトが聞いてくる。クラウディアはなんとか頷いた。

わざわざ律儀に聞いてくるあたり、どうやら先ほどの平手打ちが効いているようだ。

これから一体何が起こるのだろうか。

結婚した夫婦、もしくは爛れた関係の男女が寝台で何かをしている、ということは察しているものの、実際に何をしているかまでは、クラウディアは知らないのだ。

不安と恐怖でクラウディアの心臓が、早鐘のように鼓動を打っている。

今日初めて会ったばかりの男と、こんな事態になっていることが、信じられない。

（とにかくじっとして、あとはお任せしていればいいわ……！）

ただ身を委ねてしまえばいいのだ。

そもそもこれ以上のことは、どうせクラウディアにはわからないのだから。

するとクルトは、ランプの灯りを消して、クラウディアを優しく抱きしめ、その柔らかな金の髪に顔を埋め。――そして。

さしたる間もおかず、健やかな寝息を立て始めた。

「…………え？」

そしてクラウディアの間抜けな声が、暗闇に響いた。

第二章　彼女が世界を憎む理由

クラウディアが目を覚ますと、今日も絶世の美男が全裸で横に寝ている。

陽の光を受けて、神々しいほどに美しい。

実際に彼は、神の愛し子なので、神々しいのは当たり前なのだが。

(……すっかり慣れてしまったわね)

クラウディアはその姿に目を細める。

最初の頃は、この美しい生き物の横で眠ることに緊張し、なかなか寝付けなかったものだが、今では慣れてぐっすりと眠れるようになってしまった。

この美しい姿に見慣れることは、一生なさそうだけれど。

(クルト様はまだ起きられなさそうね)

知らない間に体に回されていたクルトの腕をそっと外して寝台から降りると、クラウディアはいつもの修道服に着替える。

そして蜂蜜色の髪をまとめ、頭巾の中に隠す。

クラウディアがクルトの世話係となって、一ヵ月近くが経った。

相変わらずクラウディアは、神の子たるクルトを堕落させせんと日々頑張っているのだが。

(クルト様に罪を犯させたいのだけれど、なかなかうまくはいかないわね……)

これまでの神官たちの教育の賜物か。

クルトには、人として当然としてあるはずの全ての欲が薄い。

これではまるで植物のようだと、クラウディアはたまに思う。

彼に食べてもらえなかった小さな飴玉を取り出して、手のひらの上で転がす。

中庭に差し込む陽にキラキラと輝くそれは、クラウディアが修道院へ入る際に、母と弟がこっそりお守りだと言って持たせてくれた、袋の中に入っていたものだ。

辛いことがあるたびに、自分を慰めるため、一つずつ大事に食べてきた。

けれど辛いことが多すぎて、気づけばもうたったの三つしか残っていない。

「クラウディアは甘いものが好きなのか」

背後から突然声をかけられ、驚いたクラウディアは小さく飛び跳ねる。

「……クルト様」

振り返ればクルトが寝台から気だるそうに身を起こし、彼女を見つめていた。

「甘いものが好きなら、神官たちに言って持ってこさせよう」

当然のように言われる言葉に、クラウディアはわずかに目を見開く。

この大神殿において、そう簡単に、欲しいものを手に入れられるものなのだろうか。

神官たちはクラウディアが何を言っても、相手にしてくれないというのに。

「持ってきてもらえるものなのですか？」

「彼らは私が命じれば、逆らえないから」

神官たちに従順なのかと思いきや、クルトはきちんと自分の立場をわかっているらしい。

そのことに、まずクラウディアは驚く。

「私は甘いものがあまり好きではないけれど、クラウディアは好きなんだろう。もう三つしか残っていないのなら……」

「いいんです。この飴玉の代わりになるものはないので」

大切な大切な飴玉。これは、クラウディアの心そのものだ。

少しずつ擦り減って、もうこれだけしか残っていない。

クラウディアは油紙に包み込み、また大切にお守り袋の中にしまった。

「……ねえ、クラウディア。触っても？」

また始まったと思いつつも頷いてやれば、クルトは手を伸ばし、つけたばかりのクラウディアの頭巾を剝ぎ取ってしまった。

中から美しい金の巻き毛が、背中に滑り落ちてくる。

「……今日もキラキラして綺麗だ。クラウディアはお姫様みたいだな」

クルトはそう言って、クラウディアの髪に触れて目を細める。

彼がお姫様という概念を持っていることに驚き、そういえば彼が唯一読むことを許されている聖典の中に、数多の業を背負った姫が出てくることを思い出す。

信仰に殉じた姫君もいれば、聖人の首を切り落とした姫君もいて、悪魔に魂を売った姫君もいる。


——まさに自分も、信仰に背を向け、世界を恨み、悪魔に魂を売った姫の一人だ。


クルトがクラウディアの髪を一房手にとって、祝福を与えるように、口づけを落とす。

自分は神の子であるクルトに、そんなことをしてもらえる人間ではないのに。

「ねえクルト様。実は私、本当にお姫様だったんですよ」

戯けたように言えばクルトは、そうなのか、とだけ言った。

彼はクラウディアの言葉を否定しない。

否定するほど、興味がないのかもしれない。

共に過ごしたこの一ヵ月で、クラウディアは随分とクルトの感情を読み取れるようになっていた。

表情はほとんど動かずとも、彼はわずかながらもちゃんと感情を持っている。

――ならば、付け入る隙がある、ということだ。

優しく気高いお姫様は、絶望し、堕ちるところまで堕ちてしまった。

「クラウディアは、どこの国のお姫様だったんだ？」

「実はもう、この世のどこにも存在しない国なんです」

「……ふうん」

おそらく、さして面白くない話であることを察したのだろう。

クルトはそれ以上のことを、聞いてはこなかった。

そのことに安堵しつつも、わずかながら寂しさを感じ、クラウディアは目を瞑る。

そして、美しき故郷を、愛しき家族を、心に思い描く。

（やっと、ここまできたのよ）

自分と家族を苦しめた、全てのものに、報いを。

耳元で、クラウディアの声をした悪魔が囁いた。

かつてエラルト神国の西側に、アルファーロ王国という名の、小さな国があった。

農業を主産業とした、特出したものなど何もない、長閑な国だ。

豊かでもなければ貧しくもなく、国民の多くがエラルト神の敬虔な信徒であり、そしてごく善良な人々であった。

そんな国の第一王女として、クラウディアは生を受けた。

アルファーロ王家では、男女の性別に関わらず、第一子は神に捧げ、第二子以降が王位を継ぐことと定められていた。

それは、この国で最も高き地位にいるのはエラルト神であり、王はその臣下にすぎないという、神と国民に対する体裁であった。

よって国王の第一子であったクラウディアは、生まれながら神職に就くことが決められており、王位は弟のクラウスが継ぐことになっていた。

「姉様……行かないでください……！」

そして十五歳になったクラウディアは、この世に生まれたときからの予定通り、王宮を出て、エラルト神国内の修道院に入ることになった。

クラウディアによく懐いていた、年の離れた八歳の弟クラウスは、泣いて縋って姉との別れを嫌がった。

「なぜ姉様が修道女などにならねばならないのですか……！」

一度誓いを立て修道女となれば、生涯婚姻はできない。

老いて死ぬまで修道院で過ごし、神に仕えることになる。

それではまるで生贄のようなものだと、そんな人生をクラウディアに送らせたくないのだと、クラウスは泣いて止めてくれた。

どこまでも心優しい弟だ。クラウディアの目頭も熱くなる。

「……仕方がないのよ。神様との約束だもの」

実際には、アルファーロ王家からエラルト神国へ差し出される、人質のようなものだが。

それでもこの国の建国以来続けられてきた伝統であり、クラウディアの代で途絶えさせるわけにはいかない。

第一子であるクラウディアが神に仕えるのは、この国と神との約束事なのだから。

クラウディアが身勝手に逃げ出して、この国が、大切な家族が、神からの加護を失ってしまったらと思うと、恐ろしくてたまらない。

神は自らを信じる者には慈悲深いが、裏切った者には苛烈な罰を与える。

聖典の中でも、神を裏切った者は塩の柱になったり、街ごと海に沈められたりと、その末路は悲惨なものが多い。

「ねえクラウス。姉様はいつだってあなたのことを想っているわ。だからお父様とお母様の言うことをよく聞いて、良き王になりなさい」

そう言うとクラウディアはクラウスの柔らかな金の前髪をかき上げて、露わになった形のいい滑らかな白い額に、そっと口づけを落とした。

青い目を潤ませる弟は非常に愛らしい。まるで神殿の天井に描かれている天使のようだ。

この愛しい弟の幸せな未来のために、日々神に祈ろうとクラウディアは思った。

父と母も涙を浮かべ、クラウディアを見送ってくれる。

生まれたときから手放すことが決まっていたクラウディアを、両親はそれでも心から愛し、慈しんでくれた。

神に捧げるものは、自分にとって大事なものであればあるほどいいという、神の教えもあるからかもしれないが。

クラウディアは、自分の家族を心から愛していた。

「では、行ってまいります」

「姉様……！　待ってください……！」

そして弟は、口までしっかり縫いつけてある小さな袋をクラウディアに差し出す。

おそらく手先の器用な母親の手によるものだろう。可愛らしい花柄模様の刺繍が施されているその絹の布袋の中には、何かが入っているようだ。

「お守りです。母上と作りました。……もし修道院で、本当に辛くてどうしようもなくなってしまったときに、誰もいないところでこっそりと開けてください」

姉思いの弟の健気な行動に、クラウディアの目からも一気に涙が溢れ出た。

その涙を見て、クラウスもさらに涙を流す。

クラウディアだって本当は、もっとずっと家族と共にいたいのだ。

「ありがとう、私の可愛いクラウス。姉様はずっと、あなたのために祈るわ」

そして覚悟を決めて踵を返し、クラウディアを待つ、エラルト神国へ向かう馬車へと歩き出す。

弟の泣き叫ぶ声を背に、また涙を流しながら、愛する家族のため、クラウディアは敬虔に神に仕えることを誓った。

王族が使うには随分と質素な馬車に乗り込み、馬車は静かにエラルト神国へ向けて走り出した。見た目は質素な馬車でありながら、普段乗っているものと、乗り心地はそんなに変わらない。

おそらく両親が娘のクラウディアのために、新たに作らせた馬車なのだろう。

教団関係者に見られたときに贅沢だと不快な思いをさせないよう、表面上は質素に作られているが、車軸に最新技術が使われ、揺れが少ない。

生まれて初めて王宮を離れ、長い旅に出る娘への、彼らの精一杯の餞なのだろう。

（私はちゃんと、家族に愛されてるんだわ……）

そのことが、クラウディアの心を慰めた。

今生の別れであり、もう家族には二度と会えなくなるけれど。

これから先の残された人生を、ちゃんと頑張ろうと、そう思えた。

やがて着いたエラルト神国は、白を基調にした美しい神殿が数多く立ち並ぶ、奇妙な場所だった。

驚くほど小さな国で、全体でも、アルファーロ王国の王都よりも狭い。

おそらく国自体が、大きな神殿のようなものなのだろう。

実際国民の多くが聖職者か、そんな彼らに仕える者たちだ。

どこもかしこも徹底的に整備、管理されており、道には塵の一つすら落ちていない。

なんせこの国では神の名の下に、全国民に社会奉仕（ボランティア）が義務づけられているからだ。

その国民による無償の社会奉仕活動によって、この街の美景は保たれている。

（なんて美しいのかしら……）

確かにここには、神がいるのだろう。

そう信じられるほど、そこに住む人々は清廉（せいれん）で、景観の美しい場所だった。

そしてエラルト神国に数多ある修道院の中でも、特に戒律が厳しいと有名な、北に位置する女子修道院に、クラウディアは入ることになった。

なんでも何代か前のアルファーロの王女も、同じようにこの修道院に入り、その生涯を送ったのだという。

そんな縁で、クラウディアの終の住処は決まった。

その修道院では、神の前では人は平等であるという考えの元、王族だろうが貴族だろうが、生まれの貴賤に関係なく、全ての修道女に対し、同じように修行が行われた。

つまり、クラウディアがアルファーロ王国の元王女であっても、全く容赦がなかった。

一日三回の神への祈りと、貧しい人々への奉仕。

さらに修道女たちの生活は全て自給自足で賄っており、そのための菜園の管理はもちろん、料理や洗濯、掃除なども修道女自身が行っていた。

これまで一国の王女であったクラウディアには無縁だった様々な水仕事をこなし、彼女の真っ白で美しかった手は、あっという間にあかぎれだらけとなり。

その痛みと辛さに、クラウディアは硬く冷たい寝台の中で、毎夜泣くこととなった。

明らかにお姫様育ちで使い物にならないクラウディアに、他の修道女たちもどうしたらいいのかわからず持て余しているようだったが、それでも一年が経てば、なんとか一通りのことはこなせるようになっていた。

「クラウディアもここに随分慣れたわね」

「あ……マルティーナお姉様」

井戸水を汲み、指先が凍(こお)りつきそうなほどの冷たい水で洗濯をしていたら、その隣に先輩修道女のマルティーナがしゃがみ込んで、話しかけてきた。

修道院にいる修道女たちは、互いを家族と見做す。

よってマルティーナは、クラウディアの教義上の姉ということになる。

まるで本当の姉妹のように、その名を呼び合うのだ。

おそらくはこの辛い生活を乗り越えるために、連帯感を持たせようとしているのだろう。

マルティーナは残った洗濯物に手を伸ばし、手伝い始めた。

クラウディアは要領が悪く、何もかもにいちいち時間がかかるので、見ていられなくなったのだろう。

自ら信仰の道を志した者たちが多いからか、修道女たちは皆心優しく、善良な者たちばかりだ。日々の生活が辛くとも、クラウディアがなんとか生活できているのは、間違いなく彼女たちの支えのおかげである。

「いつもすみません。ありがとうございます」

「ふふっ、いいのよ。あなたを見ていると、故郷に残してきた妹を思い出すのよね」

だからつい放っておけなくなるのだと。そう言ってマルティーナは、懐かしそうに目を細めた。

彼女も、元はそれなりの階級の令嬢であったらしい。

だが家はそれほど裕福ではなく、三人いる娘全員分の持参金は、到底作れなかった。ならばとマルティーナは、自ら修道院に入ることを決めたのだという。

「妹のほうが私よりずっと器量が良かったし、いいところに嫁げそうだったからね」

「そうですか……」

優しい人だ、とクラウディアは笑った。

長女なのだからと、妹を押し退けて先に嫁ぐこともできただろうに。彼女はその場所を妹に譲ったのだ。

きっと家族を大切に思っているのだろう。クラウディアと同じように。

王家の第一子として生まれながら、古からの慣習により、神に捧げられた自分。

そのことを、悲観しなかったわけではない。

美味しい食事も、柔らかな寝台も、愛しい家族と共にいられる時間も、いつか自分の家族を持つ未来も。

クラウディアはただ生まれた順番だけで、それら全てを失うことを定められてしまったのだから。

けれども、クラウディアがこうして身を捧げることで、母国アルファーロはエラルト神に敬虔であるという主張ができ、エラルト神国とも友好な関係を築けるのだ。

（ある意味生贄なのでしょうね）

王家の子供一人と引き換えに、アルファーロが得られるものは多い。

クラウディアに特に恨みはなかった。それで母国が救われるのであれば、自分が存在する意味があったというものだ。

「そういえば聞いた？　今度、この修道院から、神の子様のお世話係が選ばれるらしいわ」

「神の子……ですか？」

「あら、知らないの？　他国にはあんまり情報が流れていないのかしらね？　この国では結構な騒ぎになったものだけれど。……今から二十年近く前にね、教皇様に神託が下ったのよ。この地上に神の御子様が降臨されたって」

なんでも教皇が夢の中で、神から神託を受けたらしい。

人間の王となるべき愛し子を、この世界に送り込んだと。

そしてそのお告げ通りに大神殿の中央にある泉の前に、一人の美しい赤ん坊がすやすやと眠っていたのだという。

本来なら高位の神官しか入れぬはずの、場所に。

「そんなことがあったんですか……」

「神殿の権威を高めるための眉唾（まゆつば）なんだろうとか、正直、懐疑的な見方をする人も多いけれどね」

このところ、北に位置するヴィオーラ帝国が、その勢力を増している。

他の国々と違わず、同じエラルト神を信仰しているはずだが、その総本山であるエラルト神国に対しても、彼の国は強硬な態度を崩さない。

強大な軍事力を背景に、周辺諸国に対し、一方的な理由で侵略と略奪を繰り返しては、それを教皇に何度も咎められながらも、全く意に介していないのだ。

これまでならば神の名を出し、破門をちらつかせば、どの国もエラルト神国に逆らえなかったというのに。

それらを以ってしても帝国を動かすことはできなかった。

神をも畏れぬ彼の国の対応に、エラルト神国は現在、手を焼いている。

アルファーロ王国の国王夫妻であるクラウディアの両親もまた、ヴィオーラ帝国の動向を警戒していた。

帝国が侵略を進め領土を広げたために、とうとうわずかながら国境を接するようになってしまった、祖国アルファーロ。

北に位置し、国土の多くが農耕に向かない凍りついた土地である帝国は、多くの穀物を必要としており、現在も農業国であるアルファーロに、随分と不平等な交易を強いている。

このままでは莫大な交易赤字を強いられてしまうと、両親は常に悩んでいた。

そのことを思い出し、クラウディアは思わず眉を顰める。

軍事力を以って全てを思い通りにしようとする帝国は、この大陸の国々にとって、酷く恐ろしい存在だった。

「だからかしら。今頃になって、教皇猊下は、神の子様の存在を全面に押し出しているのよ」

おそらくはエラルト神の威光を、見せつけるための装置として。

「なんでも御子様は大神殿におられて、その気になれば、この世界そのものだって滅ぼせてしまうのだとか」

「世界を、滅ぼす……？」

クラウディアは目を見開く。たとえ神の御子だからといって、そんなことが可能なのだろうか。

「十年くらい前だったかしらね。カヴァニス火山が噴火したのを覚えている？」

「ええ、大変な被害が出ましたよね」

当時子供だったクラウディアにも、若干ながら記憶にある。

確かエラルト神国の東側に接するアリッシア王国にある、カヴァニス火山が突然噴火したのだ。

巨大火山の突然の噴火に、エラルト神国を挟んだアルファーロにまで火山灰が降り、当時多くの作物が被害に遭ったのだと、両親から聞いた。

　そして火山灰による日照不足による不作で、大陸全土に食糧難が起き、多くの人々が飢餓に苦しんだ。

「そのカヴァニス火山の噴火は、実はアリッシア王国が神の御子様の怒りを買ったために起きた、なんて噂があるのよ」

　それもまた本当かどうかはわからないけれどね。

　そう言ってマルティーナは肩をすくめて笑った。

　どうやら彼女は神に仕える修道女でありながら、神を盲信しているわけではないらしい。

「……すごいですね」

　それがもし本当なら、恐ろしい話だとクラウディアは思った。

　つまりその神の子とやらは、世界を滅ぼせる兵器に他ならない。

　そしてそれは確かに、神を軽んじ、傲慢な態度を崩さない帝国への抑止力となる。

　だからこそ神殿は今頃になって、自らの手の内にある神の子の存在や力を喧伝しているのだろう。

「確かに聖典にそんな系統の逸話がたくさん残っているものね。神の怒りを買って嵐が起き、大陸のほとんどが海に沈んでしまったとか、同じく神の愛し子を害した邪教徒が、全員砂になってしまったとか」

「……神の定めし罪を犯した、人間の末路ですね」

――神は、己に逆らうものを、決して許さない。

神が罪と定めたこと。それを人間が犯せば神の鉄槌(てっつい)が下(くだ)る。

恐ろしいことだが、一方で、良いことでもあるとクラウディアは思った。

罪を犯したものが、正しく神によって裁かれるのであれば。

真面目に善良に生き、敬虔に神に仕える意味があるというものだ。

死後に天国があり、地獄があるからこそ、人は倫理や道徳を守り、現世を正しく生きようとするのだから。

人間には、自らの行動に報いる、人間以上の存在が必要なのだ。

(まあ、神を信じる人間にしか、通用しないのでしょうけれど)

クラウディアとて、この理不尽な世界を憂い、神に疑いを持ってしまうこともある。

けれども敬虔な信者である両親から生まれ、ずっと信仰と共にあったクラウディアには、今更恐ろしくて、それらを手放すことなどできない。

信仰を、神を失ったら、一体自分はどうなってしまうのかという、漠然(ばくぜん)とした不安。

(……きっと神様は、全てを見ておられるわ)

いずれ帝国は、順当に神からの裁きを受けるはずだ。

神に全てを任せ、思考を放棄したクラウディアは、誤魔化(ごまか)すように小さく首を振った。

洗濯を終え、粗末な食事を終え、クラウディアは午後のお祈りのため、祭壇へと向かう。

神の奇跡を描いたステンドグラスを透過して色づいた陽の光を受けて、金で彩られた神の彫像が燦然と光り輝く。

いつ見ても、荘厳で美しい光景だ。

やはりこの世に神はいるのだと、クラウディアにそう再認識させてくれる。

祭壇の前で膝をつき、胸の前で両手を組む。

そして乾いた唇を開き、聖歌を歌う。

神の偉業を讃え、神に祈り、そして神に赦しを乞う歌を。


――どうか弱く愚かな我らを救い賜えと。


（神様、私の全てをあなたに捧げます。ですからどうか、お父様、お母様、クラウスをお守りください。私の大切な家族が、いつまでも健やかで幸せでありますように）

クラウディアの願いは、ただそれだけだった。

そのために、毎日欠かさず祈りを捧げていた。

クラウディアは、この世界で誰よりも幸せなはずだった。

たとえ愛しい家族と会えなくとも、こうして彼らのために神に祈ることができる。

硬くて冷たくとも眠るための寝台はあり、質素でも飢えない程度の食事がとれる。

（――――そうよ、私は幸せなの）

自らの心に言い聞かせる。神に仕える己の人生に、疑問を持ってはならない。

このまま自分はここで、神に仕えながら穏やかに生きて、死んでいくのだと。

そう固く信じていたのに。


――――そんなクラウディアを待っていたのは、絶望であり、地獄だった。


「……クラウディア。修道院長様がお呼びよ」

いつもの祈りの後、マルティーナにそっと耳打ちされて、クラウディアを言いようのない不安が襲った。

院長はこの修道院内で唯一、クラウディアの本当の生まれを知っている人物だ。

この規律の厳しい修道院にふさわしく、実に公正で愚直（ぐちょく）な人物で、たとえクラウディアが元王族であろうとも、一切の特別扱いをしなかった人だ。

そんな彼女が、クラウディアを『特別』に呼び出した。

こんなことは、初めてだった。

つまりはそうせざるを得ない、何某かの事態が発生したということだろう。

祖国の家族に何かあったのかと、クラウディアはかろうじて歩きと呼べる速度で、必死に院長の部屋へと向かう。

ノックをして入室すれば、そこには重苦しい空気が流れていた。

老いた顔に痛ましい表情を浮かべている院長を見て、やはり自分に何か恐ろしいことが起きたのだと確信し、クラウディアの足が震える。

「……クラウディア。落ち着いて聞いてちょうだい」

はい、と答えた声は、みっともなく掠（かす）れていた。

本当は聞きたくない。だが聞かねばならない。

「……あなたの祖国、アルファーロ王国が、ヴィオーラ帝国に侵略されたそうよ……」

「……っ！」

そして伝えられたのは、到底受け入れられそうにない、母国であるアルファーロ王国の滅びだった。

クラウディアは、自らの耳を疑った。

想定以上の内容に、院長の言葉を頭がなかなか理解しようとしない。

（アルファーロ王国が、ヴィオーラ帝国から、侵略された……？）

目を覆いたくなるような数多の残酷な所業から、幾度も教皇に破門をちらつかされているという、ヴィオーラ帝国の悪逆（あくぎゃく）なる皇帝。

そんな男に、麗しき祖国アルファーロ王国が、踏み躙（にじ）られたのだというのか。

クラウディアの全身が、ガタガタと瘧のように大きく震えた。

「……一体、なぜですか……？」

父は穏やかな人で、争いごとを好まない性質だ。アルファーロ王国側が帝国を怒らせるような、なんらかの行動をしたとは考え難い。

だというのに一体何が原因で、そんなことになったのか。

「ヴィオーラ帝国は、アルファーロ王国が食糧の高騰を狙い、彼の国に対する穀物類の輸出に制限をかけたから、と言っているそうよ」

「……！」

それを聞いたクラウディアの腹の底から、怒りが湧き上がってきた。

アルファーロ側に無理難題を突きつけ、不平等な交易を強いていたのは、むしろ帝国のほうである。

おそらくその戦争理由は、完全に侵略を正当化するための、捏造だろう。

「……では、私の、家族は……？」

では父は、母は、弟は、一体どうなったのだろう。

ようやく口から発することができた家族を案じる言葉は、やはり自分の声とは思えぬほどに嗄れ、震えていた。

院長は唇を噛む。その表情から、伝えるべきか伝えないべきかの葛藤が見える。

つまりはクラウディアには伝えないほうがいいような事態、ということだろう。

答えは大体わかっていた。だが、聞かずにはいられなかった。

「教えてください！　私は真実が知りたいのです……！　私の家族はどうなったのですか……！」

クラウディアが重ねて求めれば、院長はとうとうその重い口を開いた。

「……あなたのご家族は、皇帝によって全員処刑されたそうよ」

聞いた瞬間頭の中が真っ白になって、全身から血の気が引くのがわかった。

――そんな、馬鹿な。

クラウディアの心が、絶望に塗り潰される。

「……っ！　お、弟も、ですか？」

せめてまだ幼い弟だけは、というクラウディアの切なる願いは、虚しくも院長がゆっくりと頭を縦に振ったことで、打ち砕かれた。

「アルファーロ王家の生き残りは、もうあなただけ、と……」

クラウディアはその場で頽れた。

脚が大きく震え、とてもではないが立ってはいられなかったのだ。

(どうして、どうして、どうして……!!)

だって、ちゃんと神に祈ったのだ。毎日毎日。どうか、愛する家族を守ってほしいと。

（それだけだったのに……！）

たったそれだけの願いが、なぜ叶わなかったのか。

「……国に、帰ります。自分の目で確かめなければ……」

そうだ、帰らなければ。院長の言葉が真実だと、まだ決まったわけではない。

もしかしたら、エラルト神国には正しい情報が届いていないのかもしれない。

家族は無事に逃げ延びて、本当はこの世界のどこかで生きているかもしれない。

何もかも自らの目で確認しなければ、信じることなどできない。

「それは許可できないわ。アルファーロに戻ればあなたも殺されてしまうもの」

院長がすぐさま制止するが、クラウディアの意志は変わらなかった。

「お許しをいただけなくとも、私は帰ります」

呼び止める院長の声を無視して、クラウディアは踵を返すと足早に院長室を出ていった。

自室に戻り荷物をまとめている間にも、仲間の修道女たちが次々に訪れ泣いて縋ってクラウディアを止めたが、彼女の意志は変わらなかった。

――――この目で見なければ、何も信じられない。信じたくない。

クラウディアの強固な意志に院長は深いため息を吐き、とうとう彼女の説得を諦めた。

「それならばこれを持ってお行きなさい。何かあったら、決して自分をアルファーロの民とは名乗らずに、エラルト神国の修道女であると名乗るのですよ」

そう言って院長から差し出されたのは、この修道院の修道女であるという、木に彫られた身分証明書だった。

「……アルファーロの民はすでに皆、賤民に落とされたそうだから」

アルファーロの民と知れたら、どんな扱いを受けるかわからないのだと。

それを聞いたクラウディアは、あまりのことに思わず歯を食いしばる。

どうやら戦争に負けたアルファーロ王国の国民は、全て帝国によって奴隷に等しい賤民の地位に落とされてしまったらしい。

何をされても文句を言えぬ、人権すらない卑しい最下層の地位へと。

帝国は敗戦国に対し、常に容赦がない。

敗戦国の民は生かさぬよう、殺さぬよう、限界まで搾取され、富を吸い上げられる。

アルファーロ王国は寒く穀物の育たない帝国の代わりに、ただ食糧を生み出し彼の国へ差し出すための土地と、労働力になってしまったのだ。

修道女の姿のまま、最低限の荷物だけを持って、クラウディアは修道院を飛び出した。

この大陸の人々はたいそう信心深く、聖職者はどこへ行っても歓迎される。

さらには神を畏れるが故に、聖職者に犯罪の手を伸ばす者は少なく、安全面においても修道女の姿は非常に有効だ。

彼女を心配した院長は、アルファーロ王国を経由するという行商人を見つけ、クラウディアを同行させてほしいと交渉してくれた。確かに世間知らずのクラウディア一人では、ただアルファーロ王国にたどり着くことすら難しいだろう。

院長の好意を素直に受けて、クラウディアはその行商人の男について行くことにした。

「修道女様ぁ。今時分アルファーロに行くのはお勧めしませんぜ」

その行商人の男は、お人好しそうな顔を曇らせ、クラウディアの身を心配した。

アルファーロでは今、帝国兵により略奪と虐殺の嵐が吹き荒れているという。

「……酷ぇもんですよ。帝国兵たちは血に酔って、まるで獣のようなありさまだとか」

行商人の男も旅程上仕方なくアルファーロを通過するだけで、長く滞在するつもりはないようだ。

「なんでもアルファーロ王国内の神殿や修道院すらも帝国兵による略奪の被害にあったって話で。罰当たりにもほどがありまさぁ。特に修道女様はとてもお綺麗だから、本当に危険なんですぜ」

行商人の男はそう言うと、眩しそうに目を細めクラウディアを見つめた。

確かにクラウディアは頭巾の中に波打つ金の髪を隠した、緑柱石(エメラルド)色の瞳を持つ、幼(おさな)げな風情(ふぜい)の美しい少女だ。しかも凹凸のはっきりした肉感的な体をしている。

他の修道女と同じ質素な食事をとっていたというのに、なぜか胸だけがすくすくと大きく育ってしまった。

その胸は修道服をふっくらと持ち上げていて、なんとも背徳感がある。

女性だけの修道院では気にならなかったが、こうして男性の目がある場に出れば、自分はかなり人目を引く容姿だったのだということを、思い出す。

だがそんなことは、もうどうでもいいことだ。自分の身など二の次である。

「……そうですか。けれど神に仕える身として、私は哀れなアルファーロの民を、救い導かなければならないのです」

クラウディアは震える声で、そう答えた。

やはり想像以上に、母国の事態は深刻なようだ。

農業国であるアルファーロの民は、皆穏やかで、善良な者たちばかりである。

きっと野蛮な帝国兵たちの下で、大変な思いをしているに違いない。

行商人の荷馬車に揺られての短くない旅路の末、クラウディアは無事母国であるアルファーロ王国に入国することができた。

国境を越えてすぐの街に着けば、街の中を帝国兵たちが闊歩(かっぽ)していた。

建物自体はそれほど破壊されていなかったが、疲れ果てた民が、そこら中で生きているのか死んでいるのかもわからない様子で、転がっている。

「大丈夫ですか？」

思わず声をかければ、彼らは虚(うつ)ろな目でクラウディアを見つめた。話を聞けば、財産は全て略奪され、美しい女子供は奴隷として帝国兵に奪われたという。

「修道女様もこんなところにいちゃいけねえ……早くこの国からお出になってくだせえ……」

そんな状態でも彼らの信仰心は失われていないらしく、誰もが修道女姿のクラウディアを心配し、そう声をかけてくれる。

一方で帝国兵たちは愛らしいクラウディアを見かけると、揶揄うように口笛を吹き、囃し立てた。

「なんだ、修道女さんなのか。いい体しててんのにもったいねえなあ！　しかもたいそうな別嬪さんだ。そんな服着てなけりゃ可愛がってやったのによぉ」

どうやら帝国兵たちは、信仰心が乏しいらしい。

ゲラゲラと下品な笑い声を上げる帝国兵たちに、肩を抱かれそうになるのを必死に避け、強烈な不快感と憤りで叫びそうになるのを必死に堪えて、クラウディアは道を急いだ。

一人になれば、修道女であっても間違いなく襲われるだろう。

恐怖を覚えたクラウディアは、常に行商人の男のそばにいるようにしていた。

それでもクラウディアにちょっかいを出そうとする帝国兵には、院長がくれたエラルト神国の聖職者である証明書を突きつけて、彼らが躊躇した隙に逃げた。

やはり帝国兵であってもエラルト神国に対しては、それなりの敬意を持っているらしく、苦々しい表情をしながらも、それ以上は追ってはこなかった。

クラウディアがアルファーロの国民、さらには王族であることを知られれば、おそらく人としての尊厳を全て奪われるような、恐ろしい目に遭っていたことだろう。

かつてとは違い、何倍もの時間をかけてようやく、クラウディアはアルファーロ王国の王都にたどり着いた。

久しぶりの故郷を、クラウディアは見渡す。

ここも建物の類にはさほどの被害はないようだが、やはり帝国兵たちが我が物顔で闊歩しており、民は疲れ果てていた。

愛しき母国のあまりの惨状に、目を瞑り耳を塞ぎたくなる気持ちを必死に堪え、クラウディアは歩き続けた。

そして王都の中心を通る街道をひた歩き、今は懐かしき王宮へ近づいた、そのとき。

酷い臭いが鼻を突き、思わずその臭いのするほうへと、クラウディアは顔を向けた。

「…………？」

王宮に通じる門に、何かが吊るされて揺れている。

――大きいものが二つに、小さなものが一つ。

一体なんだろうと、クラウディアはパチパチと瞬(またた)きをしてから、目を凝(こ)らした。

「…………っ！」

それは、随分と腐敗が進み、もう元の形を留めていなかった。

服らしきものが見当たらないことから、おそらくは死後全裸にされ、吊るされたのであろうと思われる。

けれどもわずかに頭部に残った髪の毛の色や、その体の大きさから、クラウディアにはわかってしまった。

――――それが、一体なんなのか。

(お父様、お母様、クラウス……)

全身が、瘧のように震えた。毛穴が開き、冷や汗が一気に噴き出す。

「あ……ああ……」

言葉にならない声が、口からだらしなく漏れた。

この目で見るまでは、信じられないと思った。だが、とうとうこの目で見てしまった。

(嘘よ……!)

そう思いたくとも、残酷な事実は、もう疑いようがなかった。

クラウディアが絶望の中に立ち尽くしていると、そばを通りかかった男たちが、各々に足元の石を拾い、家族の遺体へ向かって投げつけ始める。

「やめて！　何をしているの……！」

死者を冒瀆するその行為に、愕然としたクラウディアは思わず叫ぶ。

なぜ愛する家族が、愛すべき国民に、こんな辱めを受けているのか。

するとアルファーロの民と思しきその男は、訝しげに片眉を上げた。

「何って、売国奴どもに思い知らせてやっているのさ」

憎々しげにこぼされた言葉が信じられず、クラウディアは目を見開く。

売国奴、とはクラウディアの大切な家族のことだろうか。

「この国がこんなことになったのは、そこに吊るされている腑抜けな王のせいだ。攻め込んできた帝国軍に対し、無抵抗に降伏しやがって」

侵略してきた帝国に対し、クラウディアの父である国王はほとんど戦わずに、早々に降伏をしたのだという。そしてアルファーロの国は帝国に占領され、全ての民は、賤民や奴隷へと落とされてしまった。

「最後の一人になるまで、帝国と戦えばよかったんだ！」

失われた尊厳に、男たちは目に憎しみを浮かべながら口々にそう言って、クラウディアの父を罵り貶した。

争いを厭う父のことだ。明らかに勝ち目のない戦争によって、徒に民を苦しめるくらいならばと、戦わずに降伏を選んだのだろう。

だが、父の想定よりもはるかに、帝国軍は悪逆非道であった。

結局王族は全員処刑され、あのように辱められ、国民は人間以下の扱いに落とされた。

「畜生、畜生、畜生……！」

男たちは、喚(わめ)きながら石を投げつける。クラウディアの愛しい家族に向かって。

ほとんどの石は届かなかったが、そのうちのいくつかは当たり、傷(いた)んだ遺体をさらに傷つけた。

（やめて、やめて、やめて……！）

泣き叫びたいのに、心が、体が、動かない。

もう、彼らの魂はここにはない。だからきっと、痛みはないだろう。

けれども、クラウディアの心が、魂が、血を流す。

聖典に記されている地獄よりも、はるかに残酷な地獄が、ここにはあった。

（こんなのおかしいわ……）

生前の悪逆の罰が、地獄だと言うのなら。

なぜ、クラウディアは今、生きて地獄にいるのだろう。

こんな目に遭わなければならないほどに、自分は罪深い人生を送ってきたのだろうか。

（そんなはずはないわ……）

自問自答してみれば、答えはすぐに出た。

家族もクラウディアも、敬虔に神を信じていた。

愛する娘を、自らを、躊躇なく神に捧げるほどに。

神の望む通りに、日々を清廉に生きてきたはずだ。

これ以上どうやって善良に生きればいいのか、わからないほどに。

――それなのに、なぜ罪なき自分が地獄に落ちて、罪深き帝国の皇帝が、のうのうと生きているのか。

「――ああ、そうか」

（……きっと神様は、一人一人の人間など、見てくださってはいないのね）

生まれたときから信仰を持って生きてきたクラウディアに、神の存在を完璧に否定することは難しかった。

きっと人間の数が多すぎて、神といえどその全てを把握することはできないのだろう。

けれども、その在り方にクラウディアは疑問を抱いた。

（……では、神の存在意義とはなんなのかしら？）

救ってほしいから、助けてほしいから、クラウディアは毎日祈っていたのだ。

――あれほどまでに、深く、強く。

だがその祈りも虚しく、神は、罪なきクラウディアの家族を、見殺しにしたのだ。

では、そんな何も施してはくれない神に、一体なんの意味があるのか。

たとえ家族が天国にいたのだとしても、許せることではなかった。

「行きましょう、修道女様。これ以上この場に留まるのは危険です」

このままでは帝国兵に怪しまれてしまうと、行商人の男はそう言って、未だ現実を受け入れられぬクラウディアの手を引いた。

クラウディアには、何もできなかった。

両親を、弟を、あの縄から下ろしてやることも。石打つ者たちを止めることも。

ここで正体が露見すれば、帝国兵か王家を恨む国民に、無惨に殺されるだけだ。

(なんて無力なの……)

絶望に打ちひしがれながら、引きずられるようにその場を後にする。

クラウディアは、許せなかった。

平和だったこの国に攻め込んできた帝国も、国に尽くしてきた家族に石打つ国民たちも、助けてくれなかった神も、何もかも。

いやらしいことに絶望は、他責の念でしか慰めることができない。

だからこそクラウディアは怒りの矛先を探し、帝国を、世界を、そして神をも憎んだ。

(何もかも、滅びてしまえばいい……!)

自分と家族が幸せになれなかった世界に、価値などない。

こんな国、こんな世界、いっそのこと消えてしまえばいいのだ。

気のいい行商人の男は、ただ涙を流し続ける以外になんの反応も示さなくなったクラウディアを憐れみ、わざわざエラルト神国まで送り届けてくれた。

どうやら志を持って敗戦国へ出向いた修道女が、無情な現実を知り、衝撃を受けたとでも思っているようだ。

「ねえ、修道女様。世界ってのは、あなた様が思うほど、美しいものじゃないんですよ」

憔悴しきったクラウディアを慰めるため、彼は優しく、残酷な言葉を吐いた。

自分がどれほど甘ったれの世間知らずだったのか。クラウディアは思い知る。

（――ああ、世界はこんなにも残酷で醜かったのね）

だからこそ皆、死後の世界を夢想するのだ。

世界が、現実が、あまりにも容赦がないから。

そして、ふと、別れたときの弟の言葉を思い出した。

『本当に辛くて苦しくてたまらなくなったときに、開けてみてくださいね』

お守りとして常に持ち歩いている、小さな布袋のことを。

行商人が席を外したときを見計らい、その小さな布袋の入り口を縫いつけている糸を、クラウディアは丁寧に解いた。

中にあったのは、一つずつ油紙に包まれた小さな飴玉。小さな袋に詰められるだけ詰めたのだろう。

クラウディアは、甘いものが好きだった。

けれども神は、生きるに必要なもの以上の食事を、罪としている。

よって、修道院では甘味などは一切、与えられることはない。

こういったものを持ち込むことも、本来なら許されていない。

だが、敬虔なエラルト神の信者である母と弟は、クラウディアが辛いときや苦しいときや悲しいとき、少しでも慰めとなり元気づけられるように、こっそりと小さな罪を犯してくれていたのだ。

「ひっ……」

喉から引きつった音が漏れた。

――ぶら下がった三つの体。愛しい愛しい大切な家族。

吐きそうになるのを、必死に堪え、油紙に包まれた色とりどりの飴玉を、一つ口の中に放り込む。

それはクラウディアの、生まれて初めての神への反抗だった。

(……甘い……)

頬の内側が痛くなってしまうほどの、甘さ。

久しぶりの感覚に、クラウディアの視界がまた涙で歪む。

暴力的なまでの甘味は、クラウディアにわずかばかりの安らぎを与え、そしてそれを与えたもうた人たちが無惨に永遠に失われたという絶望を、さらに深いものにした。

(辛い……苦しい……悲しい……)

本当はいっそ死んでしまいたい。終わりの見えないこの絶望から逃げてしまいたい。

けれども自死をした魂は、地獄に落ちるのだという。

死を望むほどクラウディアを追い詰めておきながら、自ら死を選べば家族が待っているであろう、天国の門は開かれない。

どこまでもふざけた話だと、クラウディアは思う。

きっと神とやらは、人間を苦しめて喜ぶような、醜悪な輩に違いない。

絶望した人間にまで、生きることを強いるのだから。

(……今までなんでそんなものを、私は信じていたのかしら)

おそらく神は、人間など愛してはいなかったのに。

そうでなければ、敬虔な信者だったクラウディアが、家族が、こんな目に遭っている理由がわからない。

――何もしてくれない神ならば、存在しないと同義ではないのか。

(神が何もしてくれないのなら、自分でなんとかするしかないわ)

――もう、天国になどいけなくていい。地獄に落ちたってかまわない。

そんな本当に存在するかどうかもわからないものに、救いを求めてたまるか。

(どうせ地獄に落ちるのならば、徹底的に足掻いてやるのよ)

所詮無力な小娘が一人、世を恨んで自ら命を絶ったとて、この世界は何一つ変わらない。

だから考えるのだ。自分の命を使って、少しでも大きく、そして少しでも深く帝国を、この世界を、神を、傷つける方法を。

復讐は何も生まない。失われた大切なものは帰ってはこない。誰も幸せにならない。

そんなことは、言われなくてもわかっている。

けれどもクラウディアは両親の死を、弟の死を、流れる時間と共にただ歴史に埋もれて消えてしまう、なんの意味もない一幕にはしたくなかった。――――だから。

(――――道連れにしてやる)

どうせ死ぬのなら、少しでも多くのものを、地獄へ道連れにしてやるのだ。

クラウディアから全てを奪い、穢(けが)し、貶(おとし)めたもの全てに、正しく報いを与えてやるのだ。

修道院への帰り道、荷馬車の中で、クラウディアはひたすら人間を滅ぼし、世界を壊す方法を考え続けた。

そして、思い出したのだ。かつてマルティーナが言っていた言葉を。

『この修道院から、神の子のお世話係が選ばれるらしいわ』

クラウディアのいる修道院は、比較的良家出身の者が多く、その身上は保証されており、高等教育を受けている者も多い。

だからこそ、大神殿からそんな要請がきたのだろう。

（だったら、その神の子とやらを、堕落させてやったらどうかしら……？）

神の愛し子に神を裏切らせたのなら、どうなってしまうのだろう。

そんなことを想像すれば、クラウディアの心がわくわくと高揚した。

きっとこの世界において、神の権威とやらが大きく失われることになるだろう。

それどころか、本当にその人が神の御子であり神の代理人ならば、うまくやればクラウディアの代わりに、この世界を滅ぼしてくれるかもしれない。

「ははっ……」

そうだ。まだ自分には、できることがある。

クラウディアの口から、狂ったような嗤い声が漏れた。

同じ荷馬車に乗っていた行商人が気の毒そうな目で見ていたが、もうどうでもよかった。

行きと同じだけの時間をかけて修道院に戻れば、憔悴したクラウディアを仲間の修道女たちが代わる代わる慰めてくれた。

院長は無事に戻ってきてくれてよかったと、クラウディアを抱きしめ、泣いてくれた。

優しい人々なのだろう。だがその温もりがクラウディアを癒やすことは、なかった。

「ありがとうございます」

けれどもクラウディアは、彼女たちに微笑み、深く頭を下げて礼を言った。

「美しい心の持ち主こそ、早く神様の御許に召されると言うでしょう？　きっとあなたの家族は今頃、神様に守られて天国で幸せに暮らしているわ」

クラウディアを慰めるためか、そんな綺麗事を宣う院長に対し、嘲笑（ちょうしょう）しそうになるのを必死に堪える。

そんなものは、欺瞞（ぎまん）だ。人に何もしてくれない神を、正当化するための。

「そうですね、今頃神様の御許に召され、幸せに暮らしていると思います」

けれどもクラウディアは切なげに微笑んでみせた。周囲に警戒心を持たせないためだ。

確かに幸せな死後の世界の存在は、大切な人を失い、今を生きる人々を慰めるのだろう。

たとえそれが、あるかどうかもわからない不確かで不明瞭なものなのだとしても。

本当にそうだったのなら、どれほどいいだろうと、今だってクラウディアは心のどこかで縋りたくなってしまうのだから。

だが、クラウディアは、それがただの人間の願望にすぎないことを知っている。

死んで生き返った人間がいない以上、死後の世界などいくらでも捏造できるのだから。

そしてクラウディアは表面上、前と変わらず修道女として清廉な暮らしをし、敬虔に神に仕えた。

なんせ、自分は神の子の世話係に選ばれなければならないのだ。

だからこそクラウディアは、心がどれほど荒れ狂おうと、日々穏やかに慈愛に満ちた微笑みを浮かべ続けた。

どろどろと腹の中で抱え込んでいるものに、気づかれないように。人畜無害を装って。

これまでと何も変わらぬ、それどころか一層信仰にのめり込んだように見えるクラウディアに、修道女たちも安堵し、警戒を緩めた。

そんな生活を続けて半年が過ぎた頃、大神殿から待望の神官たちがやってきた。

マルティーナから得た前情報通り、なんでもこの修道院にいる修道女の中から、神の子の世話係を選ぶのだという。

そして修道女の中でも、なぜか若い女性たちだけが一堂に集められた。

クラウディアは、それで神官たちが何を求めているかに、うっすらと勘づく。

どうやら真実信仰を守っている聖職者は、そう多くはないらしい。

(――本当に、馬鹿みたいね)

だが、それならばクラウディアは圧倒的に有利だ。

自分はこの修道院で最も若く、そして最も美しい自覚がある。

帝国兵たちも、禁欲的な修道服を纏ったクラウディアに「もったいない」などと口々に囃し立てていた。

つまり、この神官たちにも、クラウディアを、「もったいない」と思わせればいいのだ。

この美しい花が、誰にも愛でられることなくここで枯れ朽ちていくことを。

さらにクラウディアは亡国の王女であり、親族は全て殺されており、後ろ盾がない。

後々、生家の介入により、面倒なことになる可能性はない。

つまりはどんな扱いをし、何をしたところで、問題がない。

クラウディアは彼らにとって、実に都合がいい存在であるはずだ。

神官たちに値踏みするような目でじろじろと見られたクラウディアは、臆さずに愛想よくにっこりと微笑んでみせた。

すると神官たちの目が、明らかに欲を浮かべる。

クラウディアの大きく盛り上がった胸を、あからさまにじろじろと見る者もいる。

きっとエラルト神も、さぞ天上でお嘆き(なげ)になっていることだろう。

「うむ。そなたにしよう」

偉そうにもったいぶって宣う神官に、目論見通り選ばれたクラウディアは畏れ多いと恐縮してみせる。

神官たちは、クラウディアのそんな謙虚な様子にも満足そうだ。

従順で御しやすそうだとでも、思ってくださっているのだろう。

馬鹿な奴らだ。クラウディアは心の中でせせら笑ってやる。

見た目などで判断したことを、後で死ぬほど後悔すればいいのだ。

その日のうちに大神殿へ連れていくと言われ、クラウディアは荷物をまとめさせられた。

元々修道院に持ち込んだ荷物は少ない。一つの鞄に全て詰め込めてしまった。

母と弟からもらった飴は、修道服の裾の内側に必死に縫い込んで隠した。

さすがに修道女の裾の中までは、確認しないだろうと思ったからだ。

基本的に神殿へは贅沢品、嗜好品の持ち込みは許されていない。

甘いだけの飴は、嗜好品とされ、取り上げられてしまう可能性が高い。

そうして急いで準備を終えたクラウディアは、挨拶もそこそこに神官たちによって修道院から連れ出された。

神官たちが、まるで人買いのようだ。

それまで親しいと思っていた、選ばれなかった修道女たちは、そんなクラウディアを冷ややかな目で見送った。

人はたとえ信仰の中であっても、その枠で張り合い、嫉妬し合うものらしい。

彼女たちはクラウディアに、出し抜かれたとでも思っているのだろう。

所詮そんなものか、とクラウディアは鼻で笑う。

人間とは実に愚かしい生き物だ。やはり滅びるべきだろう。

そんな思いを新たにする。

こうしてクラウディア・アルファーロは、神の御子クルトの元へやってきたのだ。

第二章　その罪の名前

クルトは一日三回、決まった時間に祈禱（きとう）を行っている。

それは物心ついた頃から行われており、彼の唯一の義務だった。

クラウディアは大神殿の中庭に設置された祭壇の前で、跪（ひざまず）き祈りを捧げるクルトの背中を見つめていた。

その背中は、痛ましいほどに痩（や）せ細っている。

（……本当に、おかしいわよね）

肥え太った神官たちを、腹立たしく思い出す。

なぜ彼らは神の子たるクルトに、まともな食事すら与えないのか。

先日クルトに悪魔の味を教えようと、亡（な）き母と弟の形見である秘蔵の飴玉を舐（な）めさせてみたのだが、彼の心を摑むことはできなかった。

生意気にも、彼にも食の好みというものがあるらしい。

（甘いものはだめ……だったら今度は美味しいお肉とかはどうかしら）

神は殺生を罪としている。よって、聖職者は基本肉の類を口にしないことになっている。

それを、あえてクルトに食べさせてみたらどうだろうか。

そうしたら、神の怒りとやらを買えるのではなかろうか。

クルトの体に肉をつけられる上に、なんと神の怒りも買える。一石二鳥である。

（お肉……。そういえば私も、もう何年くらい食べていないかしら？）

王女時代、肉が食べ放題だった幸せな日々を思い出し、うっかりクラウディアの口の中に唾液が溜まった。

生真面目なクラウディアは、信仰の道に進んでから、一度たりとも肉を食べていない。

王女だった頃は、日常的に口にしていたのに。

祈りを終えたクルトが立ち上がり、振り返る。

その顔は相変わらず血の気がなく真っ白で、生気を感じられない。

エラルト教の教義に則（のっと）った質素すぎる食事は、成人男性には明らかに栄養が足りていないのだ。

（やっぱりお肉を食べさせるべきだわ）

肉は食べればそれだけで元気になれる、罪深い食べ物である。

さらには筋肉や血を作るのに、必要な栄養素がある。

神の子といえど、その体は食べた物でできているのだから。

なんとか神官たちを言い包め、もっとまともな食事をとらせなければ。

殺生は駄目だと宣いながら、戦争が起きても何もしない神の教えなど、知ったことか。

今日も元気に罰当たりなことを考えながら、クラウディアはクルトを見やる。

「クルト様」

食事について相談しようと声をかけてみたが、クルトはぼうっとしている。

「クルト様。聞いていらっしゃいますか？」

「…………」

「クルト様ー！　クルト様クルト様クルト様ー！」

「………………ん？」

何度もしつこく呼びかけて、ようやくクルトが返事をした。

クラウディアは呆れてため息を吐いた。

クルトには、対人能力がない。

話しかけても気が乗らなければ返事もしないし、もちろん相手の気持ちを慮る気もない。

これまで誰も、彼に人との付き合い方を教えてこなかったためだろう。

それに対し、この一ヵ月彼の世話係であるクラウディアのとった行動は、彼が返事をするまでしつこく話しかけ続けることであった。

クルトを堕落させ、世界を滅ぼさせるにしても、その前にまずは彼に人並みの感覚、能力を身につけさせせねばなるまい。

それができて、初めて堕落に意味が生まれる。

クラウディアの野望への道のりは、果てしなく遠い。

「たとえ興味がなくとも、話す気分ではなくとも、人に話しかけられたのならちゃんと最低限返事をしましょう。一言だけでもいいですから」

「……わかった」

興味なさげに本当に一言だけ言われ、苛立つ気持ちをぐっと抑えたクラウディアは、にっこりと笑ってみせた。

確か小さな弟の反抗期が、こんな感じだったような気がする。

そう、きっと今は、彼の情緒を育てる時期なのだと、自分に言い聞かせる。

クルトが成人男性だということは、一時的に忘れるべきである。そう、彼は幼子だ。

そんな二人のやり取りを、監視役の神官が忌々しげな顔で見ていた。

本当はすぐにでもクラウディアを排除したいのだろうが、クルトは自分のそばから彼女を一切離そうとはしないので、彼らも手が出せないのだ。

初めて会った日から、クルトはクラウディアを常に自分の目の届く範囲に置いている。

少しでも彼の視界からいなくなると、すぐにその姿を探し始めるほどに。

まるで親鳥を探す、雛鳥(ひなどり)のようだと思う。

(……まさか、こんなにもすぐに懐かれるとは思わなかったわ)

クラウディアは中庭に置かれた長椅子に座り、ぼーっと空を見上げている、何を考えているのかよくわからないクルトを見やる。

彼にはどうも、生きようという気概が薄いように感じる。

毎日決まった時間に、言われるままに起きて、神に祈りを捧げ、与えられた量の聖典を書き写し、金を積んだ信者に乞われるまま接見し、残った時間はこうしてぼうっと過ごして、眠りたくなったら眠る。

死んでいないから、そして特に死ぬ理由もないから、ただ仕方なく生きているような、消極的な存在。

こんなにも熱量を感じさせない人間を見るのは、初めてだ。

仕方がないのでクラウディアも彼の横に座り、周囲に咲き乱れる美しい花を眺めながら、思考を放棄して、ぼうっとしてみた。

やはりすぐに飽きてしまう。つまらないと時間の流れが遅い。

彼が刺激を求め、クラウディアをそばに置く理由が、なんとなくわかる。

彼はこうして神殿の中で、ずっと飼い殺されているのだ。

「ねえ、クラウディア」

するとしばらくして寂しくなったのか、クルトが話しかけてくる。

大人げなく冷たくあしらってやりたい気持ちになるが、一応クラウディアは世話係であるし、大人なので、我慢してちゃんと相手をしてやることにする。

「はい、クルト様。なんでしょうか？」

にっこり笑って振り向いてやれば、返事をするようにクルトの腹がぐるううっと情けない音を立てた。

どうやらお腹が空いたようだ。

これは世話係として、対応しなければならない案件だろう。

クラウディアはいつものように監視をしている神官を見やり、「食事の準備をお願いできますか？」と声をかけた。

神官は明らかに面倒そうな表情を浮かべたが、クルトが彼のほうへ向くと慌てて姿勢を正し表情を改める。

世話係の修道女は見下すが、神の子であるクルトには媚び諂っているらしい。

ちょうどいいと、クラウディアは口を開く。

「できればクルト様のお食事の量をもう少し多くしていただきたいのです。それから味付けももう少し濃くしてください。あるのなら肉類も入れていただけると」

クルトが神殿から与えられている食事の内容は、実に質素なものだ。

ほとんど味付けのされていない、ただ煮込んだだけの野菜、硬くて齧れば歯が折れそうなライ麦のパン。わずかな量の山羊のミルク。

まさに生きる上で、必要最低限。

自分がいた修道院だって、もう少しまともなものを食べられた気がするほどだ。

確かに神は、必要以上の殺生による『暴食』を罪としている。

だがそれにしたって、この献立は酷すぎるだろう。

しかも神官たちは、嫌がらせのためか、クラウディアの分の食事は出さない。

クラウディアが音を上げて、自らこの大神殿から出ていくことを、狙っているのだろう。

想定以上にクルトがクラウディアに懐いてしまったことが、許せないらしい。

(本当に、一体なんなのかしらね)

これがこのエラルト教の最高位の神官たちだというのだから、呆れてしまう。

仕方なくクラウディアは、クルトの食事を分けてもらっている。

毒殺される可能性もあるので、これはこれでいいと考えている。

さすがに神官たちも、神の子であるクルトの命を脅かすような真似はしないだろうから、クルトが口をつけたものならば、大丈夫だろう。

神の子を自分の毒見役にするとは、我ながら随分と大胆だが。

クルトが与えられている食事は、それでなくとも成人男性の食事量として明らかに少ない上に、このところクラウディアがご相伴に与っているせいで、さらに減っている。

おかげで二人は、いつもお腹を空かせる羽目になっているのだ。

だからこそクラウディアは、この機会に戦ってみることにした。

失うものなどもう何もないクラウディアには、怖いものもない。

「神に仕える身で、そんな贅沢許されるわけがないだろう。しかも肉だと？」

神官がそう言って、小馬鹿にした顔でクラウディアを見る。

クラウディアは不思議そうにこてんと小首を傾げてみせた。

「ではなぜあなたはそんなに肥えていらっしゃるんです？　本当に私たちと同じものを食べていらっしゃるんですか？　絶対に違いますよね？」

言い返してやれば、でっぷりと腹の出た神官はぐっと言い淀む。

大神殿に配属されるような高位の神官は、貴族出身の者たちが多い。

これまで貴族として贅沢に暮らしてきた彼らには、信仰の道を選んだとて、それらを手放すことは、難しいのだろう。

「しかもあなた、日常的にお酒も嗜んでいらっしゃいますね。目の白目部分が黄ばんでいらっしゃるもの。聖職者が肝臓に負担をかけるほどの深酒なんてして、許されるのでしょうか？　正直信じられませんわ……。ねえ、クルト様もそうは思われませんか？」

クルトをダシにしてそう言ってやれば、神官は顔を怒りで真っ赤にする。

正直なところ、飲酒に関しては半分ほど憶測であったのだが、どうやら図星であったらしい。神に仕える神官のくせに、愚かなことだ。

だがそれを、神の子たるクルトには、知られたくなかったのだろう。

神殿の上層部はどこまで腐っているのかと、クラウディアは呆れて肩をすくめる。

「ご自身はそんなにも体が肥えるくらいに、日々豪勢な食事をして深酒までされていらっしゃるのに、神の御子たるクルト様にはこんなにも粗末な食事を出して。あなたたちは恥ずかしくないのですか？」

神官は、何も言わずにその場に立ち尽くしていた。

おそらくクラウディアの言葉が尤もすぎて、言い返すことができないのだろう。

するとクルトが煩わしげにその長い銀の髪をかき上げて、口を開いた。

「そこのお前。どうでもいいからクラウディアの言う通り、早く食べるものを持ってきてくれる？　もちろんお前が普段食べているものをね」

お腹が空いて少々苛立っているのだろう。珍しくクルトが強めの言葉を吐く。

するとその神官は飛び上がり、慌ててその締まりのない体を揺らしながら、神殿の厨房へと走っていってしまった。

そうしてしばらくしてクルトの前に用意されたのは、貴族の食事と言ってもいいほどの、贅沢なものだった。

あっさりと準備してみせるあたり、おそらくこれらは、日常的に高位神官たちに供されている食事なのだろう。

（……やっぱり自分たちは、ちゃっかりいいものを食べているんじゃないの）

クラウディアは腹を立て、心の中で毒づく。

かつて神を信じて、修道院で真面目に自給自足をして貧しい食事で我慢していた自分が、なにやら馬鹿みたいで、憐れに思えてきてしまうではないか。

きっと元いた修道院の修道女たちは、今も変わらず質素な食事をとっていることだろう。

中央にいる神官共は、こうして贅沢三昧だというのに。

クルトは不思議そうな顔で、テーブルに並べられた豪勢な食事を見ている。

おそらくは、初めて見るものばかりなのだろう。

もしかしたら食べ方を知らないのかもしれない。なんせ彼はいつも匙しか使わない。

「クルト様、こちらの肉はフォークで押さえて、端からナイフで切っていってください」

クラウディアは彼の横に座り、手を添えて一つ一つ食事のマナーから教えてやる。

腐っても一国の王女であったため、両親や教師たちによって礼儀作法は徹底的に仕込まれている。

クラウディアがクルトに教えてやれることは、少なくない。

いつもよりも、クルトの食の進みが早い。

やはり味付けがしっかりされており、使用されている素材もいいからだろう。

「美味しいですか？」

「……いつもより食べやすくて、いっぱい食べられる気がする」

「つまりそれが、美味しいってことですわ」

「…………うん。美味しい」

今までクルトが物を知らぬが故に不当に奪われてきた、人間が生きる上で得る様々な喜びを、クラウディアは教えてやりたいと思っていた。

クルトはあまりにも、全てのものに執着がない。彼が明らかに執着らしきものを見せたのは、今のところクラウディアに対してだけである。

世界を滅ぼしてやりたいと思うほどの強い感情を、彼はそもそも持っていないのだ。

だがそれでは困る。

もっと色々なものに執着を持たせ、恨みや怒りの感情を覚えさせなければ。

(私に執着するだけ執着させて、目の前で死んでやるのもいいかもしれないわね……)

――かつて自分が、絶望したときのように。

そうしたら彼も、この世界に絶望してくれないだろうか。

そんな残酷なことを考えながら、クラウディアは慈悲深く笑う。

神が罪だと定義しているはずの、血の滴る肉をクルトに食べさせたが、残念ながら特に何も起きなかった。

むしろ甘いものよりも気に入ったようで、クルトは大きな肉の塊を、あっという間にぺろりと平らげてしまった。

そしてどうやらそのことに、特に罪悪感を抱いている様子もない。

おそらく体が必要としていたのだろう。なんせ彼の体は、成人男性としては細すぎる。

どうやら食に喜びを覚えることは、神様にとって、それほどの罪ではないようだ。

実際、同じものを食べている神殿の幹部たちは、艶々としていて元気そのものである。

これでもしクルトとクラウディアが神によって『暴食』の罪に問われるのであれば、ここにいる高位神官が天罰によって全滅するだろう。それはそれでとても面白そうだが。

(聖職者だからって我慢しないで、お腹いっぱい食べたって、別によかったのね……)

これまで神の教え通りに、真面目に倹しい食事をとってきたクラウディアは、少々恨めしい気分になりつつも、クルトに分けてもらった肉を口の中に放り込み、久しぶりに噛みしめて味わう。

そしてそのあまりの美味しさに、うっとりと目を細めた。

なるほど。確かにこれは罪深いかもしれない。最高である。

「これから私の食事は、お前たちと同じものにするように」

一度美味しい食事というものを知ってしまったクルトは、それ以前の倹しい食事をとる気にはなれなくなってしまったようだ。それはそうだろう。

貧しさに慣れるのは難しいが、贅沢に慣れるのは容易い。人間は業の深い生き物である。

それからクルトは毎日、教皇や大神官たちと同じ食事を、自分にも用意させるようになった。

どうやらクルトの命令に、神官たちは逆らえないようだ。

やはりクルトの無知を利用して、神官たちは彼に質素な食事を与えていたのだろう。

そしてクラウディアは、相変わらずクルトから食事のおこぼれに与かっている。

クルト一人では食べきれないほどの量が、食卓に並べられるようになったため、お腹を空かせることもなくなった。

しばらくすると明らかにクルトの体格が良くなり、痩せていたクラウディアの体にも肉がつき、肌と髪の艶も増した。

(よしよし……)

着々とクルトの堕落は進んでいる気がする。いい感じだとクラウディアは悦に入る。

(それにしても、高位神官ですらクルト様の命令には逆らえないところを見るに、やっぱりクルト様には神官たちを服従させるだけの何かがある、ということよね)

クルトはその容姿が美しいだけで、特になんの力もないように見えるが、きっと与えられた地位に値する、なんらかの力があるに違いない。

これまでクルトの存在にどこか懐疑的だったクラウディアはそう考えて、安堵する。

――さて、クラウディアの計画では、次にクルトに犯させるべき罪は、『怠惰』だ。

つまりは、怠けれればいいのである。実に簡単な話だ。

「ねえ、クルト様。今日は一日寝台で、私と一緒にだらだら過ごしませんか?」

朝日が昇ってすぐに起こしにきた神官を無視して、クラウディアは甘くクルトを寝台に引き込み誘った。

相変わらず二人は、同じ寝台で寝起きを共にしている。

ちなみに今日もクルトは一糸纏わぬ姿で、クラウディアのそばにいる。

服を着ろと口をすっぱくして注意しても、ちっとも聞いてくれない。

なんでも元々彼は、ずっとこの擬似楽園で全裸で過ごしていたらしい。

神が作った、初めての人間の姿そのままに。

彼が話したがらないので詳細はわからないが、その後なんらかの事情により貫頭衣を着るようになったらしい。

だが相変わらず寝るときは、全裸でないと落ち着かないようだ。

クラウディアもクルトと同じ寝台で共に寝ているうちに慣れてしまい、彼の全裸がそれほど気にならなくなっていたのだが。

食事の質と栄養の向上により、クルトの体にほどよく筋肉がつき、男性らしい体つきになったために、このところまた緊張するようになってしまったのが悩みである。

「……いいの？」

クラウディアからの怠惰なお誘いに、さすがにクルトも若干心配そうな表情をした。

クルトは神の子として、一日三回、決まった時間に必ず祭壇に行き、神に祈りを捧げている。

それだけは、これまでずっと欠かしたことがなかったようだ。

「そんなもの、寝台の上からすればいいんじゃないですか？　きっと大して効能は変わりませんよ」

クラウディアは適当なことを言って、にっこりと笑ってみせた。

せっせと祈ったところで、神が何もしてくれないことは、我が身をもって知っている。

つまりは神への祈りなど、まるで無駄な行為である。

そんなことをしているくらいなら、自らの手で状況を良くする方法を考えたほうが、よほど建設的だ。

そしてクラウディアはクルトの腕を引っ張り、寝台に転がせて、自らの膝の上に彼の頭を乗せてしまった。

クルトは驚いたように一瞬目を見開いたが、すぐにクラウディアの膝の絶妙な柔らかさの虜になってしまったらしく、もう起き上がろうとはしなかった。

クラウディアは彼の銀の髪を、優しく梳ってやる。

結局クルトは服を着ることなく裸のまま過ごし、祈りの時間になって神官たちが呼びにきても祭壇には行かず、クラウディアと共に寝台に寝っ転がって、食事も寝台の上で食べ、眠くなったら昼寝をして過ごした。

そしてそのまま二人はその日一日、本当に一歩たりとも、寝台の上から動かなかった。

「これ……いいな……」

そしてそんな怠惰な一日を、クルトはすっかり気に入ってしまったらしい。

今まで神官に言われるまま規則正しい生活を送っていた彼は、罪深くも素晴らしい怠惰な時間の過ごし方に、初めて気づいてしまったのだ。

「ねえ、クラウディア。またこうやって過ごそうよ」

「………そうですわねぇ」

一方、彼を怠惰な道へと誘い込んだ張本人であるクラウディアは、元々の生真面目な性格が祟って、暇な時間が若干苦痛だった。

本来やらねばならないことがあるのに、あえて一日中寝台に寝っ転がっていると、貴重な時間を無駄に消費している気がして、罪悪感に苛まれてしまうのだ。

その上相変わらずクルトのように何も考えずにぼうっとすることも、うまくできない。

無意識のうちに頭が回り続け、次から次へとしなければならないことが浮かんできてはクラウディアを苛む。

そして結局は居ても立っても居られなくなり、かえって休めなくなるという悪循環に陥（おちい）ってしまうのだ。

我ながら、実に損な性質である。

だが一方クルトはそれらが全く気にならないらしい。彼は意外にも怠惰に生きる才能があったようだ。

彼は、思った以上に適当に生きているのかもしれない。

この一日ですっかり味をしめたクルトは、それ以後クラウディアを巻き込み、七日間に一日程度、怠惰に過ごす日を作るようになった。

そしてクルトはその日を勝手に『休息日』と名づけた。

「やっぱりゆっくり過ごす時間は必要だよね」

休息日になると、クルトはクラウディアの膝を枕にして、一日中寝台に転がっている。

手持ち無沙汰で落ち着かないクラウディアは、仕方なく彼の美しい銀の髪の手入れをしてやったり、耳かきをしてやったり、子守唄を歌ってやったり、おとぎ話を聞かせてやったりしている。

かつて幼い弟にしてやっていたことを、そのままクルトにしているのだが、相手は自分

より年上の成人男性である。

若干倒錯したものを感じなくもないが、クルトがやはり子供のように喜ぶので、まあいいかと思っている。

なんせクラウディアの膝にいる彼はいつも幸せそうに、うっとりと目を細めているのだ。

(なんだか猫みたい……)

その可愛らしさに、思わずクラウディアは微笑んでしまう。

成人男性ではなく、幼子だと思わないとやっていられないが。

クラウディアが来てから、随分とクルトの表情が増えた気がする。

(人間らしくなったわよね……)

気がつけばクラウディアは、彼を植物や陶器の人形のようだとは思わなくなっていた。

そして彼のそんな『怠惰』な生活に、やはりなんらかの天罰が下ることはなかった。

だが着々とクルトは堕落してきている。クラウディアの望み通りに。

「…………」

それなのに、このところその喜びと共に、クラウディアの心が鈍く痛む。

間違いなくクラウディアの計画は、今のところ順調であるというのに。

彼女の膝を枕に、ぐっすりと眠ってしまったクルトの髪を、再度優しく梳く。

さらさらと指からこぼれる銀の髪は、まるで本物の銀を糸にしたかのような美しさだ。

そして眠る顔は、普段よりも随分幼く見える。
(今更引き返せないのよ……。しっかりしなさいクラウディア)
己の罪深さなど、よくわかっている。自分が地獄に落ちるであろうことも、また。
それなのに、今になって罪悪感を持つなど、許されるわけがないのだ。
(……次は、どうしようかしら)
次にクラウディアがクルトに覚えさせようとしている罪の名は『強欲』だ。
『強欲』とはつまり、人間が何かを強く欲する気持ちである。
神は、人や物に執着をするな、と教典で説いている。
だがクルトはそもそも物を知らないが故に、欲しい物も特に思いつかないようだ。
故に強欲になど、なりようがない。
「……クルト様。何か欲しいものはありませんか？」
クラウディアは、膝の上にいるクルトに、本日何度目かの質問をする。
だがやはり困った顔をされただけで、終わってしまった。
『物』自体を知らなければ、欲しがりようがないのだろう。
だからここは、クラウディアが見本になるしかないのだ。
つまりは、強欲な女になるのである。
「ねえクルト様。私、宝石とドレスが欲しいんです」

そしてクラウディアはわざとらしく身をくねらせながら、クルトにおねだりをした。

ちなみに構想(コンセプト)は、貴族が時折夜会に連れている、高級娼婦である。

クラウディアがいつも身に纏っているのは、洗濯しすぎてゴワゴワになってしまった、綿地の粗末な修道服だ。

大神殿では誰もクラウディアの世話をしてくれないので、二枚しかない手持ちの修道服を中庭の中央にある泉の水で、一枚ずつ手で洗って干して、交互に使用している。

先日その様子を監視の神官の一人に見られて『聖なる泉で何をしている……!』などと怒られたので『洗濯ですが何か?』と答えたらなにやら泡を吹いていた。

だがこの中庭には他に水場がないのだから、仕方がないと思う。

そんな衣装事情の、可哀想なクラウディアである。

たまには綺麗な服を着たって、バチは当たらないだろう。

「クルト様が神官に命じてくだされば、きっとすぐに買ってもらえますわ」

そう言ってクラウディアがクルトを唆(そそのか)せば、クルトはすぐに近くにいた監視の神官に命じた。

「ねえ、そこのお前。クラウディアが着るドレスとつける宝石を、今すぐたくさん持ってきてくれる？　あとついでに靴も」

命じられた神官はさすがに驚いて目を見開き、慌てて拒否をした。

「お待ちください！　そんなものはこの神殿にはありません……！」

「それなら神殿の外から持ってくればいいだろう？」

クルトの容赦のない言い草に、神官は絶句する。

それから神官の男は、クラウディアを忌々しげに睨みつけた。

クラウディアはにっこりと笑って、小さく手を振ってやる。

すると彼がさらに憤慨するのがわかった。

「クルト様！　いい加減その女の言うことを聞くのをおやめください！　奴はあなた様を誑かす悪魔に違いありません！」

正義感に溢れているらしいその若き神官は、クラウディアをそう非難した。

確かにクラウディアがしていることは、悪魔の所業かもしれない。

けれど、そもそもクラウディアを悪魔にしたのは、一体誰なのか。

「――ねえ、少し黙ってくれる？　お前の声、耳障りだから」

クルトは温度を感じさせない冷たい目で、その神官を見やった。

「いいから早く持っておいで。この私が命令しているんだ」

クルトが発する圧に、若き神官は震え上がった。

クルトは普段感情をあまり表に出さない分、わずかにそれが発露するだけで、非常に迫力があった。

（いいわー！　もっと言ってやってちょうだい！）

クルトも随分と感情的に、そして我儘になったものだと、クラウディアは感慨深く思う。

自分はなかなかにいい仕事をしたのではないだろうか。

そしてクルトの腕に己の腕を絡ませ、胸を押しつけてにこにこと無邪気に笑いながら、クラウディアは神官を煽る。

かつて王女時代に夜会で見た、高級娼婦のように。

「神は人に必要以上の贅沢を禁じられております！　この神殿で過ごすのに、なぜドレスや宝石が必要なのですか！」

「そんなもの、クラウディアが欲しいと言っているからに決まっているだろう？」

それに一体なんの問題があるのか、とばかりに小首を傾げて言い放つクルトに、神官はまたしても絶句する。

「どうでもいいから早く持ってきてくれる？　何度言えばいいんだ？」

有無を言わさぬクルトの様子に、気持ちが挫けたらしい神官は、慌ててその場から立ち去った。

しばらくして、代わりに一人の老年の男性が中庭にやってきた。

明らかに今までの神官たちとは、身分が違うことが察せられる。

その場に立っているだけで、息が詰まるような威圧感があるのだ。

白髪の上に金と宝石が散りばめられた司教冠を被り、白絹と金糸で作られた司教服を身につけている。

首にはやはり大きな金剛石があしらわれた、エラルト神を現す蛇の絡み合った象徴(モチーフ)がかけられている。

(まさか……教皇猊下……?)

クラウディアも、ここに来て、初めて会った。さすがに緊張で、脚が震えた。

本来ならば、たとえ他国の王族であっても、易々とは拝謁できない相手である。

——この大神殿で、このエラルト神国で、至高の地位にある神官。

(……そして、私の家族を助けてくれなかった人)

両親は、帝国から標的にされた後、何度もエラルト神国に助けを求めていたのに。

彼はその要請を、アルファーロが滅ぼされるまで、見て見ぬふりをした。

当時、エラルト神国としても、帝国を敵に回すのは避けたかったのだろうが。

「クルト様、お久しぶりでございます」

教皇の威圧感をものともせずに、クルトは彼を興味なさそうに見やる。

「随分と久しぶりだね。何か用?」

「ええ、なんでもクルト様が、そこの修道女に、ドレスや宝石を与えたいとおっしゃっておられると耳に挟みましてね」

「ああ。だから、それが何か？」

クルトは当たり前のように言った。むしろなんの問題があるんだ、と言わんばかりに。

たとえ相手が教皇であっても、クルトの態度はなんら変わらない。

彼の答えに、教皇がわずかに眉間に皺を寄せる。

たとえクルトであっても、少しくらいは我儘を言ったことに対する、後ろめたい感情を持っているとでも思っていたようだ。

そして教皇としては、そこを突いて説得するつもりだったのだろう。

しかし残念ながらクルトには、この件に対する罪悪感といった感情は一切ないようだ。

そもそもクルトに人間としての世間一般的な常識、感覚、倫理観を一切植えつけなかったのは、彼らなのだから、仕方がない。

まさに、自業自得というやつであろう。

「修道女であるその娘に、そんなものは必要ないでしょう」

「ふうん、じゃあなんでお前は、そんなにじゃらじゃらと無駄に宝石を身につけているんだ？」

純粋に不思議そうに、クルトは首を傾げて聞き返した。

だが言っていることは、完全に嫌味である。

教皇相手でも全く動じず、引くこともしないクルトに、クラウディアは思わず尊敬の念を抱いてしまう。

確かにクルトは神の子であり、この大神殿において教皇より高い地位にあるのだから、それは普通のことなのかもしれない。

だがそんな至高の地位にいるはずのクルトが身につけているのは、飾り気のない、真っ白な貫頭衣のみである。

誰でもおかしいと感じるだろう。

「……地位あるものには、相応の権威が必要なのです」

もっともらしいことを、もっともらしくもったいぶって、教皇は宣う。

「ふうん……権威、ねえ」

確かに人は、視覚によってより多くの情報を読み取る生き物だ。

小汚い格好をした人間の言うことなど、聞かないものなのかもしれない。

「じゃあ、神の子たる私は、なぜこんな格好をさせられているんだろう？」

「クルト様は人前にお出になることがないでしょう？」

「出てもいいのか？　それならいつでも出ていくけれど」

するとそこで初めて教皇は、苦悶（くもん）の表情を浮かべ、押し黙った。

彼の表情から察するに、どうやらそれは困るらしい。

教皇がなぜこんな大神殿の奥深くにクルトを隠しているのかは、クラウディアには未だにわからない。

クルトの人間離れした美貌は、むしろ神殿の象徴として使えるだろうに。

「それにお前だって、女に綺麗な宝石やドレスを貢いでいるじゃないか。それなのになぜ私は、お前と同じことをしてはだめなんだ？」

不思議そうに小首を傾げて、教皇にクルトが聞く。

これは完全に糾弾であり、そして脅しだった。

すると教皇は憎々しげに、クラウディアを見やった。

おそらく教皇の愛人の存在を、クラウディアがクルトに吹き込んだとでも思っているのだろう。教皇や大神官たちが、秘密裏に高級娼婦や愛人を抱えている、という噂は確かに聞いてはいた。

だが、かつて神に従順であったクラウディアは、その噂をまるで信じていなかった。

偉大なる教皇猊下や大神官たちが、そんなことをするわけがないと、不信心者たちが嫌がらせで根も葉もない噂を立てているのだろうと、そう、固く信じていたのだ。

まあ、今となっては、実際に何人も抱えているんだろうな、としか思わない。

けれどそのことを、クラウディアはクルトに伝えたことはないはずなのだが。

「お前が言うには、私はこの神殿で一番尊い存在なんだろう？　つまりはお前よりも私のほうが偉いはずなんだ。それなのにお前はよくて、私はだめな理由はなんだ？　言ってみろ」


これまでにないクルトの『傲慢』な物言いに、教皇は絶句している。

そしておそらくそれに対する答えを、教皇は持っていないのだろう。

小さく唇を噛み、目を忙しなくそわそわと動かしている。

「これ以上の言い分がないのなら、早く持ってくるといい。そうでなければ、私は久しぶりに怒ってしまうかもしれないからね」

するとその言葉に、教皇が明らかに怯えた表情を作り、大きく体を震わせた。

そのことを、クラウディアは不思議に思った。

クルトが怒ると、教皇を怯えさせるほどの、何かが起きると言うのだろうか？

クルトと共に生活するようになって数ヵ月。

未だに彼についてクラウディアが知らないことは、多い。

「大体クルト様は、なぜその修道女の言いなりになっておられるのか」

教皇が苦々しく吐き出すように言った。するとクルトは淡々と答えた。

「それは私が、クラウディアのことが大好きだからだ」

それ以外に何があるのか、と。当然のようにクルトは言い放つ。

あまりに単純明快な理由に、教皇とクラウディアは思わず言葉を失った。

「……かしこまりました。今すぐお持ちいたします。しばしお待ちを」

しばらくして気を取り直したらしい教皇は、そう言って一つ深く頭を下げると、踵を返し中庭を出ていった。

教皇が頭を下げるなど、普通ならばまず考えられない。

神を深く信仰していた頃ならば、畏れ多くてその場で倒れていたかもしれないくらいの事態だ。

普段クルトと共に過ごしていると、その呑気な性質につい言葉や態度が砕けてしまうクラウディアだが、やはり彼はこの神殿において、最も高貴な存在なのだろう。

（クラウディアが大好きだから、か……）

それにしてもクルトから「大好き」と言われたのは、思いのほか嬉しかった。

家族以外からその言葉をもらったのは、生まれて初めてかもしれない。

胸の中に、温かな何かが宿るのを、クラウディアは感じていた。

そして、その日のうちに色とりどりのドレスと宝石類が、クルトとクラウディアが住む部屋に、山ほど届けられた。

なぜそんなものが神殿に大量にあったのかといえば、理由は単純明快である。

どうやら元々教皇や大神官たちが己の愛人に与えようと用意していたものを集め、そのまま流用したらしい。

神の教えを、教団の首長たる教皇すらも守っていないなんて。

本当に素晴らしい信仰心だと、クラウディアは呆れてしまう。

一方並べられたドレスや宝石を見たクルトは、目を輝かせた。

普段あまり感情の見えない彼にしては、非常に珍しい。

「クラウディア。今すぐに着てみるといい」

表情はさほど動かずとも、彼の声は弾み、明らかに喜んでいるのが見てとれる。

その様子がなにやら微笑ましくて、クラウディアも思わず笑った。

そんなクラウディアの笑顔に、クルトが見惚れる。

「どれにしましょうか？」

するとクルトがドレスを一つ一つ見比べて、赤いドレスを手に取った。

「これがいい。クラウディアは色が白いから、濃い色がいいと思う」

クラウディアの年齢からすると、意匠(デザイン)が少々可愛らしすぎる気がしたが、まずはクルトが選んだものを着てあげたかったクラウディアは、笑って受け取った。

「ではクルト様、着るのを手伝ってくださいますか？」

さすがにこの複雑な作りのドレスを、一人で着るのは難しい。

クラウディアは身につけていた修道服を脱いで、薄いシュミーズ姿になる。

クルトのことは、毎日全裸で抱き込まれて眠っているうちに、男性として意識しなくなってしまったのか、それほどの羞恥はない。

コルセットを体に当て、背の編み上げ紐を締めてもらう。

真剣な顔で手伝っているクルトが、なにやらおかしい。

それからドレスを纏い、金属製のフックを止めていく。

胸元はピッタリだが、腰回りには随分とゆとりがある。

どうやら教皇だか大神官だかの愛人は、クラウディアよりもふくよかな女性のようだ。

最近は良い食事をとっており、クラウディアも全体的に肉がついたため、ありがたいことに、見た目にはそれほどの違和感はない。

慣れぬ二人で着付けたため、随分と時間がかかってしまったが、なんとかそれらしく身につけることができた。

ドレスはたっぷりと手編みのレースが使われており、動くと裾が大きく広がる可愛らしい形をしていた。

それにしてもこの形のドレスを贈るということは、本来贈られる予定だった教皇だか大神官だかの愛人は、まだ少女と言っていい年齢なのではないだろうか。

下手をすればクラウディアよりも年下かもしれない。

そんな恐ろしい事実に気づいてしまい、クラウディアは少々寒気がした。

孫のような年齢の少女を囲って愛でているとしたら、エラルト神も大神殿の腐敗ぶりに、さぞかし天上でお嘆きになっておられることだろう。

クルトが宝石類の山の中から、石榴石（ガーネット）の首飾りと耳飾りを選び、クラウディアにつけてくれる。着付けのときにも思ったが、彼はなかなかに手先が器用らしい。

首と耳たぶに、ずっしりと感じる重みが懐かしい。

こうして宝石を身につけるのも、随分と久しぶりだ。

十五で修道院に入って以来だろう。

美しく着飾ったクラウディアを見て、クルトが感嘆のため息を吐いた。

「クラウディア、すごく、すごく、綺麗だ」

クルトの言葉はいつも幼く、そしてまっすぐだ。

彼は他の人間たちとは違い、格式張る必要がないからだろう。

自身が、至高の存在であるが故に。

「ありがとうございます」

たとえそれが宝石やドレスに対するものと、同じであったとしても。

お世辞ではないとわかるから、余計に嬉しい。クラウディアは微笑む。

するとクルトはわずかながら口角を上げ、目を細めた。

――つまりは、笑った。

クルトと短くない時間を共に過ごしてきたが、彼の笑顔は初めて見た。

そのあまりの美しさ、神々しさに、クラウディアは言葉を失う。

今や神などまともに信じてはいないが、確かにこれは拝みたくなってしまう。

というか、実際にうっかり手を組み拝んでしまった。

美しいのはクラウディアではなく、むしろクルトのほうである。

クラウディアの行動に不可解そうな顔をしつつ、クルトが手を差し伸べる。

その滑らかな美しい手に、クラウディアは恐る恐る自らの手をそっと載せる。

そして王女時代の頃を思い出し、くるりと美しく裾を広げて回ってみせた。

するとクルトは、また目を輝かせた。

「綺麗だ。本当に綺麗だ」

やはりそんなクルトのほうが断然美しいだろうと、クラウディアは思った。

けれど彼の素直で純粋な賛辞は、どうしようもなく心地よい。

家族を失って以後、他人の言葉は全て疑ってかかり、一切信じていなかったのに。

クルトの言葉だけは、なんの疑いもなく信じていることを、クラウディアはまだ気づいていなかった。

「どうせならクルト様も、もう少しいい服にしませんか？　ほら、教皇猊下の司教服みたいに、キラキラしたものを」

「私はいい。だってあれ、重そうだ」

相変わらずの子供のような物言いに、クラディアも思わず声を上げて笑う。

眉を顰め、唇を小さく尖らせているあたり、本当に嫌なのだろう。

先ほど、教皇に対し、自分の衣服について苦言を呈していたが、実際に豪華な衣装を着ろと言われれば、困るのはクルトなのだろう。

なんせクルトは全裸で過ごすことを、こよなく愛しているのだ。

むしろ貫頭衣を身につけているだけでも、褒めてやるべきかもしれない。

(それにしても苦しいわ……)

久しぶりのコルセットが肋骨に食い込んで、正直なところかなり苦しい。

王女時代の自分は、よくもまあこんなものを、毎日身につけていたものである。

中庭にある噴水まで歩き、その水面にクラウディアは自らの姿を映してみた。

金色の巻き毛に、白い肌。ふっくらとした胸に、細い腰。

完璧なお姫様が、そこにいた。――思わず震える息を吐く。

幸せだった頃の自分の姿を、クラウディアは久しぶりに取り戻していた。

(……お父様、お母様、クラウス)

かつての満たされた日々を思い出し、クラウディアの目から思わず涙がこぼれた。

それを見たクルトが手を伸ばし、クラウディアの目からこぼれた涙を、不思議そうに指先で拭う。

もしかしたら、彼は人が泣く姿を初めて見たのかもしれない。

「……クラウディア、どうしたんだい？　ドレスが嫌だったのか？」

「いいえ、とても嬉しいです。実は人は、嬉しかったり悲しかったりすると、目から水が出てしまうんですよ」

「ふうん。……ねえ、クラウディア。触れてもいいかい？」

クルトはかつて教えた通り、クラウディアに触れるときに必ず許可を取る。

クラウディアは笑って小さく頷いた。

クルトの腕が伸びてクラウディアを引き寄せ、慰めるようにそっと抱きしめる。

やはりそこにいやらしさは感じない。ただ、労わりがあるだけだ。

「神殿の外は、クラウディアのような女がたくさんいるのか？」

「ええ、そうです。実は人間の半分は女性なんですよ。大神殿は本来、女性が入ることが禁じられているので、クルト様は見ていないだけなんです。ちなみに私は、クルト様専用の世話係として、特別に住まわせていただいているんですよ」

クルトはまたその銀色の目で、クラウディアをじいっと見つめる。

クラウディアによって、女性という存在にも慣れたのだろう。

もう顔よりも先に胸を見る、なんてこともなくなった。

「でもきっと外の世界にも、クラウディアより綺麗な人はいない気がする」

それはむしろ、クルトのことである。

クラウディアとて、自分の容姿にそれなりの自信を持っていたのだが、残念ながらクルトには遠く及ばない。

かつて王女として、美形と呼ばれる人たちを多く見てきたつもりだが、クルト以上に美しい人間を見たことがない。

だがそのことも、クルト本人は認識していないのだろう。

神官たちが作り上げたこの箱庭から、彼はこれまで一歩も出たことがないのだから。

(……クルト様は、これから先も、ずっとこのままなのかしら?)

そもそもなぜ神殿は、クルトを大神殿の奥深くに閉じ込めているのだろう。

神の子が大神殿にいる、という情報はかろうじて公(おおやけ)にしているものの、クルトを一般信者の前に晒(さら)したことは一度もない。

クラウディアはそのことを、不思議に思っていた。

これほど美しい容姿をしているのだから、むしろ神の子として人前に出し、巡礼の旅にでも出させて、教団の布教活動に大いに利用すればいいものを。

(なんだかもやもやするわ……)

「……ねえ、クルト様。踊りませんか?」

「踊り?」

「ええ、実は私、結構上手なんですよ。クルト様はそこに立って、私の手を支えてくださるだけでかまいません」

せっかくドレスを着たのだから、それにふさわしいことをしてみようとクラウディアは思い立つ。

体を動かすことで、この不快な胸の内を吹き飛ばしたかったのだ。

クラウディアはクルトの手を取ると、小さな声で円舞曲を口ずさみながら、ステップを踏み、くるくると回り出した。

真っ赤なドレスの裾が、花びらのようにふわりと大きく広がって、美しい輪を作る。

修道院に入ってからずっと忘れていた、『楽しむ』ことを、少しだけ思い出す。

「クラウディア、すごいな……！」

するとクルトも楽しかったのか、また顔を微笑みの形にし、自らもクラウディアに合わせてくるくると回り始めた。

楽園のような風景の中、二人で笑いながら好き放題むちゃくちゃに踊るのは、思った以上に楽しかった。

その後クルトは味をしめたのか、頻繁（ひんぱん）に神官に言いつけては、クラウディアに贈り物をするようになった。

もらったものは彼の目の前ですぐに身につけて、微笑みを作り、大げさに喜んで礼を言ってやるのだ。

するとクルトは喜んで、さらにクラウディアに貢ぐ。

その様は、酌婦や娼婦などに入れ込んで身を持ち崩す、どこにでもいる愚かな男のようで。

クルトはクラウディアの望むまま、確かに神の望まぬほうへと堕ちていた。

クラウディアとクルトは大神殿の中心で、美味しい食事を食べ、美しい衣装を纏い、怠惰な時間を過ごしている。

それは、神が罪とする生活そのものだ。――それなのに。

やはり今日も神からの天罰は下らない。

どうやら物を欲しがることも、人を見下すことも、神はさしたる罪とは見做していないらしい。

（結局どういうことなのかしらね……）

何もかも聞いていた話と違う。神はクルトの罪など、気にも留めていないのか。

クラウディアは罪悪感と失望のため息を吐いた。

第四章　『色欲』と『恋情』

クラウディアとクルトが共に暮らし始めて、半年が経った。

暮らしているうちにクラウディアは、再びある疑念を持ち始めていた。

それは、実のところクルトは、『預言の子』でも『神の子』でもなく、見た目が美しいだけのただの『人間』なのではないか、という疑念だ。

クルトとの付き合いが長くなれば長くなるほど、彼に罪を覚えさせれば覚えさせるほど、彼はただの人間であると、クラウディアは感じるようになってしまったのだ。

出会った頃のクルトは、表情もなくどこか無機質で、自分と同じ生きた人間に思えなかったというのに。

今、クラウディアの隣で毎日幸せそうに笑う彼は、もう、どこから見ても人間だった。

(もしクルト様が、ただの人間だったとしたら)

彼が、エラルト神国が帝国に対抗するために作られた、ただの象徴としての存在であり、偽物の『神の子』だとしたら。

クラウディアがこれまでやってきたことは、全てが無意味だったということになる。

（違う……きっと違うわ……。だってそれなら、神官たちがあんなにもクルト様に怯える理由がないもの）

神官たちは、完全にクルトの命令に服従している。

もしクルトが偽物ならば、彼の命令を聞く理由がない。

だからきっとクルトには、何か隠された力があるはずだ。

（そうよ。クルト様はちゃんと『預言の子』で、そして『神の子』なのよ）

だってそうでなければ、クラウディアにはもう、復讐を遂げる術がない。

（……きっと、まだ犯した罪が足りないのよ）

やはり神が罪と定義する全てをクルトに背負わさなければ、神自身は動かないのかもしれない。

この復讐に捧げたものが多すぎて、今更後戻りできないクラウディアは、うっすらと気づき始めた事実から目を逸らし、そう勝手に思い込んで決めつけた。

クルトに犯させるべき残された大罪は『嫉妬』と『色欲』と『憤怒』の三つだ。

『嫉妬』と言っても、そもそもクルトはクラウディア以外の人間に、全く興味がない。

その上自分はこの大神殿における至高の存在である、という自覚を持っているために、他者と自分を比べて劣等感を感じることもない。

よって、嫉妬など感じる術がないだろう。

『憤怒』についても、クルトは怒りの沸点が非常に高いらしく、怒りを露わにすることがまずない。

クルトが怒った姿を、共に過ごしたこの半年の間で、クラウディアは未だ一度も見たことがないのだ。

たとえクラウディアがどんな言動をしても、彼は面白がるだけで負の反応を示さない。もしかしたら怒りの感情自体、持っていないのではないかとすら思うほど、彼の心は平坦だ。

――さすがは神の子、といったところだろうか。

クルトは人間誰もが自ずと持っている醜悪な感情と、ほとんど無縁なのだ。

「……するとやっぱりもう、これしか残されていないのね……」

クラウディアが実現可能そうな最後の大罪。――それは。

陽が落ちて、やがて中庭のドーム型の窓から星の輝きが見える頃。

クラウディアはいつものように湯浴みをして、クルトの部屋に行き、彼の寝台に潜り込んだ。

初めてこの部屋に入り、同じ寝台で寝ることになったときは、どうしようかと慌てたものだが、クルトからは相変わらず全く性的な欲望を感じず、まるで女友達のような気安さで、日々同衾するようになってしまった。

いつものクルトの声に、クラウディアはもそもそと彼に近づく。

するとクラウディアを胸に抱き寄せ、そのまま目を瞑った。

ちなみに彼は、当然のごとく今日も全裸である。

クルトはいつもこうして暖を取るように、クラウディアを抱き込んで眠る。全裸で。

ちなみに、そんな危険極まりない状態でも、朝までなんにも間違いは起こらない。

彼はただ、ぐっすりと眠るだけである。

クルトがクラウディアに触れる手には、寝台の中であっても、まるでいやらしさは感じられない。

結局出会った日からずっと、そのまま同じ寝台で、何事もなく一緒に眠っている。

おそらくクルトの中で、クラウディアは女性ではなく温石のようなものなのだろう。

女として屈辱に感じなくもないが、クルトの体温の心地よさに、これまたクラウディアも朝まで夢も見ずにぐっすりと眠ってしまうので、どっちもどっちである。

この大神殿に来るまで、夜はずっと悪夢との戦いであった。

だがクルトの腕の中で悪夢を見ることは、不思議となかった。彼が神の子であるが故か。食事事情が良くなり、クルトの体がすっかり男性らしい線を描くようになってしまって、しばらくの間は緊張したものだが、やはり今となってはそれにも慣れた。

つまりクルトとクラウディアは互いに、異性であるという意識をしていないのだ。

これは非常に由々しき事態である。

そしておそらくクルトには、性的な知識も一切ないだろう。

（この状態から、彼と性的関係を結ぶのは、難しい気がするわ……）

そう、クラウディアに実現可能そうな、残された神が定めし罪は、『色欲』である。

つまりクラウディアはクルトを誑かし、手篭めにしなければならないのである。

――――だが、果たして『色欲』とはなんぞや。

男女がふしだらな関係を結ぶこと、というのはわかるのだが。

クラウディアとて箱入りの王女であり、さらには修道院に入ることが生まれたときから決められていたため、生涯において必要ないだろうと、そういった教育は一切受けていない。

男女が寝台で裸になって何かをしているらしい、ということは美術品や文芸作品等の視聴でうっすらと知っていても、では実際に寝台の中で何がどのように行われているのか、という具体的内容については、正直のところ未知の領域である。

（難易度が高い……！）

クラウディアは頭を抱えた。

全く性的に無知な男と無知な女。

これはもう、何かしらの事故が起こる未来しか見えない。

（だけど、やるしかないわ……！）

大神殿に、クラウディア以外の女性は存在しない。

つまりは自分がクルトの相手をするしかないのだ。

（まずは、クルト様の前で、肌の露出を増やしてみましょうか……）

わざとらしく彼の前で肌を露わにしてみるのだ。

それにより情欲を煽られたクルトが、クラウディアの体に興味を持ってくれたら、そのままの流れで……と考えたところで、クラウディアは彼に日常的に着替えを手伝ってもらっていることに気がついた。

クラウディアのシュミーズ姿を見慣れている彼に対し、多少肌の露出を増やしてみたところで、今更どうにもならない気がする。

しかも現在、クラウディアは健康そうに寝息を立てる、クルトの腕の中である。

これだけ触れ合っていても、二人の間には何も起きないのだ。

（もういっそ、私も全裸になるしかないのでは……？）

全裸で抱き合えば、さすがに何かが起こるかもしれない。

それもまた完全に、希望的憶測ではあるのだが。

(全裸になって、夜這いをかける……)

そしてその状況を想像したクラウディアは、羞恥のあまり死にそうになった。

クルトと共に暮らすようになって随分と経ったが、さすがにまだ裸を見せたことはない。

だが方法を選んでいる場合ではない。

まずはクルトに、自分を女性として意識してもらうのだ。

そして、なんとしてもクルトを色欲の罪に落とさなければ。

正直なところ、体にはそれなりに自信がある。

形のいいボウル型の大きな胸。折れそうなほどに細い腰。ふんわりと膨(ふく)らむ臀部(でんぶ)。

かつて修道院で湯浴みをした際、共に入ったマルティーナに「素晴らしいわ……なんてもったいないの……！」などと嘆かれたほどだ。

全裸になれば力業で、どうにかできるかもしれない。

(——でもまあ、とりあえずはお勉強から始めましょうか)

そう、何はともあれ、まずは参考資料である。

なんせ夜這いをかけたくとも、そもそものやり方がわからないのだから。

生真面目なクラウディアは羞恥を堪えて、クルトにおねだりすることにした。

「クルト様。私、恋愛小説が読みたいのです」

するとそれを聞いたクルトが、こてんと幼げに首を傾げた。

「恋愛？」

「そう！　恋愛です！　私は恋愛について、詳細に書かれている本が欲しいのです！」

クラウディアは半ば、やけっぱちになって答えた。

まずは教典や聖典ではわからない、男女の切ない心の機微から入るのである。

出会いから、口づけ、そして寝台の中で起こるあれやこれやについてのさわりが書いてあれば、なおよい。

いっそのこと艶本の導入も考えたが、さすがのクラウディアもそれは恥ずかしくて言えなかった。

段階はちゃんと踏むべきなのである。一足飛びに物事を進めてはいけない。急いては事を仕損じるのだ。

「ところで、恋愛って何？」

するとクルトが不思議そうに聞いてくる。

むしろ自分も知りたいと、クラウディアは思った。

クラウディアとて幼き頃は、素敵な恋物語に憧れたものだ。

だが信仰の道に入ることが決まっていた自分には、縁のないものだと諦め、己の人生からその存在を切り離してしまっていた。

よって、恋愛についてクラウディア自身も全くわからない。

「ええと、特定の人間に興味を持ち、好ましく思い、大切にする気持ち……でしょうか？」

仕方がないので、想像で答えてみた。

もしかしたら少し違うかもしれないが、クラウディアの父と母はそんな感じだった。

二人は政略結婚であったが、いつも互いを労わり合う、非常に仲のいい夫婦だったのだ。

（お父様……お母様……）

両親を思い出し、城門にぶら下がる姿が浮かび、クラウディアの心がまた血を流した。

――――どうして、と。

本当に善良な人たちだった。この神殿にいる腐った神官たちよりも、ずっと。

「ふうん……」

だがクルトは興味がなさそうに相槌を打った。クラウディアは少し落胆する。

クルトが興味を持つものは、そもそも少ないのだ。

恋愛に興味を持てと言われても、難しいのだろう。

「それなら私は、クラウディアに『恋愛』をしているということか」

だがなにげなく続いた言葉に、クラウディアは仰天した。

「ど、どうしてそう思うんです？」

「だって私は、クラウディアを気に入っているから」

淡々と紡がれるそれは、どう考えても恋をした男の吐く言葉ではない。

大体本当にそれが恋ならば、恋する女を腕に抱いて、何もせずに朝まで眠れるわけがない。

やはりそれは子供の玩具に対する感情と、さして変わらないのだろう。

子供は気に入った玩具を、よく寝台に持ち込む生き物なのだから。

「……だったら嬉しいですわ」

だが否定するのも憚（はばか）られて、クラウディアは小さく笑い、そう答えた。

「だったら私もその本を読んでみよう」

するとクルトはそんなことを言い出した。


「……私も、この感情の正体を知りたい」


そしてクルトは、すぐに監視役の神官を呼び出して命じた。

「『恋愛』について書かれた本が欲しい。できるだけたくさん」

堂々と、クラウディアの要望そのままに。クラウディアは少々居た堪れなくなった。

もちろんクルトは平然としている。なんせ彼は、世間一般的な感覚と羞恥心を持ち合わせていないのだ。

「――――は？」

命じられた中年神官は愕然とした顔をしている。

確かにこれは動揺もするだろう。なんせよりにもよって『恋愛』である。

神殿において、御法度と言っていいであろう言葉の一つだ。

「……その娘が読むのですか？」

「いや、私も読む。早く持ってきてくれ」

神官は混乱した顔をしている。まあ、気持ちはわかる。

普段どれほど神官たちにむちゃぶりをしても、これまでの恨み辛みでそれほど気にならないクラウディアだが、今回はさすがに少々良心が痛んだ。

そして数日後、クルトの部屋には恋愛に関する本が大量に積み上げられた。

クルトが何を求めているのかが、わからなかったのだろう。

集められた本は可愛らしい装丁の少女向けのものから、毒々しい装丁の成人男性向けの艶本まであった。

「……………」

神官たちは、聖職者の分際で一体何を考えているのか。

クラウディアは内心頭を抱えつつも、好奇心からつい男性向けの艶本を手に取り、ぱらりと数ページめくってみた。

「…………」

だがそこには、クラウディアには全く理解できない言葉と世界があった。

クラウディアは何も言わず、速やかに本を閉じ、元あった場所へと戻した。

どうやらまだ自分には、上級者編すぎたようだ。

もう少し経験を積んでから、開こうと決める。

やはりまずは、少女向けの恋愛小説から始めるべきだろう。

桃色の可愛らしい装丁の本を手に取ってから、いつものように今日を勝手に『休息日』ということにして、寝台に寝そべると本の表紙を開く。

思えば修道院に入ってから、読めるのは聖典と教典だけで、こうした小説の類はアルファーロの王宮を出てから一切読むことができなかった。

（……楽しい……）

読み始めればすぐにのめり込んでしまい、気がつけば陽が沈み周囲が暗くなっていた。

結局時間を忘れ、夢中になって一気に最後まで読んでしまった。

自覚がないだけで、クラウディア自身、娯楽に飢えていたのかもしれない。

すっかりクルトを放置してしまったと、慌てて彼の姿を探せば、彼は椅子にゆったりと腰掛けてクラウディアと同じように真剣に本を読んでいた。

そう、先ほどクラウディアが開いて即閉じた、毒々しい装丁の男性向けの艶本を。

「…………!?」

クラウディアの全身から血の気が引いた。

だからそれは、上級者編である。

男女の何たるかも知らない、クラウディアやクルトのような、初心（うぶ）な初心者が手を出すべき本ではないのである。

クラウディアは慌ててクルトに走り寄ると、その手から艶本を取り上げた。

するとクルトが、あからさまに不服そうな顔をする。

随分表情が豊かになったなあ、などと感慨深く思いつつも、クラウディアは激しく首を横に振った。

「こ、これはちょっとクルト様にはまだ早いかなあと思いまして……！」

クルトに『色欲』を教えるという視点では、艶本を読ませることは問題なかったはずである。

だがなぜかクラウディアの倫理観が、それを拒否した。

おそらくこれは、子供にうっかり性的なものに触れさせてしまった保護者のような、居心地の悪さだろう。

クラウディアは基本的に、至極生真面目な人間なのである。

「クルト様！　こっちがおすすめです！　ぜひ」

クルトがまず知るべきは、清く正しい男女関係だ。

自分が検分を終えたばかりの恋愛小説を、クラウディアは無理やり押しつけた。

「……あっちのほうが面白かった」

クルトは渋々その恋愛小説を読んで、数ページで唇を尖らせて文句を言った。

本当に、随分と表情が豊かになったものである。

「だめです！　あれはクルト様がもう少し大人になってからです！　世の中、段階をきちんと踏むことが大切なんです！」

クルトのほうが自分より年上であり、年齢的にはとっくに成人を迎えていることをまるっと忘れて、クラウディアは叫んだ。

さらにクルトの唇が尖った。ちょっと可愛いからやめてほしい。

クルトは不服そうな顔をしつつ、だがクラウディアから押しつけられた恋愛小説を真面目に読み始めた。

きっと彼は、娯楽のために書かれた書物を、初めて読んだのだろう。

そうやってもっと、色々なものに触れて、世界を知ればいいと思う。

これまで神の名の下に、彼は多くのものを奪われていたのだから。

そしてクルトは積み上げられた小説のうちの何冊かを読み終えると、両目を瞑り、何かを考えているような仕草を見せた。

「……クラウディアは、『恋』をしたことはある？」

そして随分と長い時間沈思した後、クラウディアにそんな可愛らしい質問をしてきた。

だがそれに対し、クラウディアはつまらない解答しかできない。

なんせクラウディアは、恋を知らない。生きる上で、知る必要がなかったから。

「私は聖職者ですから、経験したことはありませんよ」

「……聖職者は、恋をしてはいけないのか？」

またしてもクルトから難しい質問がくる。クラウディアは困ったように笑った。

聖職者は基本的に婚姻を結ばない。

神殿の上層部の者たちも、愛人を抱えることはあっても、妻は娶らない。

神が、それを許していないからだ。

まあ、上層部の神官たちに愛人がいるということは、もしかしたら恋自体はしてもいいのかもしれないが。

それが正しく祝福されて実ることは、絶対にないのだ。――――還俗でもしない限り。

「聖職者は神以上に大切なものを作ってはならぬ、ということなのでしょうね」

今思えば、神よりも家族が大事だったクラウディアはきっと、最初から聖職者としては不適格だったのだろう。

「ふうん。クラウディアは恋をしたことがないのか」

クルトはなぜか嬉しそうな、そしてどこか寂しそうな顔をした。

「……その人と会えると嬉しい。その人のそばにいると楽しい。その人を想うだけで幸せ。心臓が激しく鼓動を打って、顔が熱くなってしまう。――なんて、この本にはそんなことが書いてあるんだが」

それはいわゆる一般的な、恋愛をすると陥る症状である。

だが口に出されると、不思議となぜか少し気恥ずかしい。

「ねえ、クラウディア。私は君と会えて嬉しい。君と話すと楽しい。君のそばにいられると幸せな気持ちになる。君に触れると胸の辺りが痛んで鼓動が速くなる。……つまり、私はやはり、君に恋をしているということだろうか」

「…………」

真面目に聞かれたクラウディアは、困ってしまった。

まさかクルトがそんなことを考えているとは全く思っていなかった。

常に淡々としていて、表情に出ないために、気がつかなかった。

(けれど……それは恋と呼んでいいものかしら？)

きっと、近くにいる異性が、クラウディアだけだからではないのか。

クラウディアしかいないから。クラウディアしか知らないから。

クルトは、クラウディアにしか、性的な感情を向けることができないのだ。

——そんなものは、家畜の交配と同じなのではないだろうか。

だがそれがわかっていながら、クラウディアはクルトの想いを、素直に嬉しいと感じてしまった。

かつてクルトの存在を、気持ちが悪いとすら思っていたのに。

様々な罪を知り、彼が人間らしくなるたびに、クラウディアは少しずつ彼に惹かれる自分の気持ちを、感じていた。

それは恋と呼ぶにはあまりにも歪で、弱々しいものであったけれど。

少なくとも、クルトに触れられて不快に思ったことは、出会った日以降一度もないのだ。

「私は、クラウディアに恋をしているんだ」

まっすぐに伝えられた好意に、思わずクラウディアの目から涙がこぼれた。

自分はクルトからこんな綺麗な想いをもらえるような、まともな人間ではない。

どうしよう。罪悪感で、胸が焼ける。

するとクルトの手が伸びて、クラウディアを抱き寄せた。

「ねえ、クラウディア。君の唇に触れても？」

どうやら恋愛小説を読んで、口づけという行為を知ったらしい。

まあ、もしかしたら艶本のほうかもしれないが。

クラウディアの顔に一気に熱が集まる。心臓が破裂しそうなほどに鼓動を打っている。

そんな真っ赤になった彼女を、クルトが目を細め、うっとりと見つめている。

たった一日恋愛小説と艶本を読んだだけで、なぜ唐突にここまで色気を出せるようになったのか。明らかにおかしい。優秀すぎるだろう。

クラウディアは泡を吹きそうになっていた。

知識とは、人をここまで変えてしまうものなのか。

だがこれは、受け入れねばならぬことだ。

クルトを『色欲』に目覚めさせるためにも。

クラウディアはなんとか頭を縦に振って、ぎゅっと強く目を瞑った。

さらり、とクルトの髪が滑り落ちる音がして、そっと唇に温もりが触れる。

目を瞑っているからか、自分の心臓の音が耳の奥で鳴り響いていた。

唇が離され、終わったのかとそっと目を開けてみれば。そこには幸せそうな顔で笑うクルトがいた。

美しすぎて、思わず口から魂が抜けてしまいそうになる。

呆然とクルトの顔を見つめていると、彼の手がクラウディアの頬に触れ、また唇が降りてきた。

今度はただ触れさせるだけではなく、クラウディアの唇を食むように動かされる。

「んっ……！」

長い口づけの間、呼吸の方法がわからず、クラウディアから思わず鼻に抜けるような甘ったる声が漏れてしまう。

苦しくて、思わず唇を開ければ、そこにぬるりとした何かが入り込んできた。

「んんんっ……!?」

（何？　これ？　クルト様の舌……？）

先ほどぱらりと流し読みした艶本の冒頭数ページに、確かにそんな記載があった。

こんなふうに互いの舌を絡ませ合うような、卑猥な口づけがあるのだということが。

「んっ、んんっ……！」

彼の舌を噛まないよう、必死に顎の力を抜けば、クルトはさらに大胆にクラウディアの口腔内を暴き始めた。

綺麗に並んだ歯列を舌先でたどり、上顎をくすぐり、喉奥に逃げたクラウディアの舌を捕らえ、絡ませ、吸い上げる。

クルトが舌を動かすたびにぐちゅぐちゅと水が攪拌するいやらしい音がし、口を閉じることができないせいで、飲み込みきれなかった唾液が口角から伝い落ちる。

「んっあ、ふっ」

呼吸が苦しくて出た涙で、視界が潤む。甘く重いとろりとした熱が、下腹部に溜まる。

（なんなの……！　これ……！）

クラウディアは無意識のうちに膝を擦り合わせて、その熱をなんとか逃がそうとした。

「クラウディア、君の体に触れてもいい？」

ようやく唇を解放されて、一息つく暇もなくまた律儀に聞かれ、クラウディアはがくがくと首を縦に振った。

それを受けて、クルトの手がクラウディアの修道服を捲り上げ、中に入り込んでくる。

肌に直に触れられるのは、これが初めてだった。

大きくて温かな手が、太ももをたどり、ふっくらと膨らんだ臀部をたどり、ほっそりとした腰をたどって、やがて仰向けになってもその膨らみを残す、クラウディアの豊かな胸へとたどり着く。

そして大きな手のひらで包み込むようにクラウディアの乳房を優しく掴むと、やわやわと揉み上げる。

「……クラウディア、痛くない？」

かつて彼に胸を鷲掴みにされたことを思い出し、クラウディアは少しだけ笑った。

あのときクラウディアが「痛い」と叫んだことを、彼は覚えていたのだろう。

「だ、大丈夫です……」

むしろ今は、心地よいくらいだ。不思議とその頂が妙な熱を持って疼くけれど。

するとクルトが指の腹で、ぷっくりと勃ち上がったクラウディアの胸の先を、優しく摩った。

「んあっ……」

甘痒い感覚に襲われ、思わず小さく声を上げてしまう。腰が不思議とじんと痺れた。

クラウディアの反応に気をよくしたのか、クルトがまた桃色に色づいたその一帯を執拗に弄り始める。

優しく摩りあげたり、押し込んだり、摘み上げたり。

まるで、玩具で遊ぶように。

「あ、ああ、んんっ」

触られているのは胸なのに、また下腹部にきゅうっと内側へ締めつけられるような甘い感覚が溜まっていく。

そして脚の間からとろりと、何かが滲み出る感覚。

(月のものが始まってしまったのかしら……？)

まだ時期ではないはずなのに、とクラウディアは慌てる。

「ああ、大丈夫。全く違うものだよ」

するとクルトがそんなことを言った。クラウディアは目を丸くする。

今、自分は思ったことを、知らぬ間に言葉に出していたのだろうか。

「んあっ……！」

だがまたすぐに胸を甚振られ、ふと浮かんだその疑問は霧散してしまった。

声が漏れないようにと唇を噛めば、クルトがそれを止めるため、唇を重ねてくる。

胸への刺激を繰り返されていくうちに、不思議と物足りなくなってしまい、もっと強く触ってほしい、などと浅ましくも思ったところで。

クルトが容赦なく、指先でクラウディアの胸の頂を引っ張り上げた。

「ああっ……！」

その瞬間、これまで感じたことのない、暴力的な快感がクラウディアに襲いかかる。

思わず腹を守るように体を丸めれば、かつて決して触れてはならぬと言われていた脚の間が、ヒクヒクと脈動を繰り返していることに気づいた。やがて全身を掻痒感に似た感覚が広がって、クラウディアはぐったりと脱力してしまった。

「……クラウディアは胸だけでそんなに気持ちよくなってしまうんだね」

どこか貶められるようなクルトの言葉に、泣きそうになる

一体この感覚はなんなのか。生まれて初めての事態に、どうしたらいいのかわからない。

「ああ、私はクラウディアをいじめているわけじゃないよ。ただ喜んでいるんだ」

そしてクルトはクラウディアの体中に、愛おしそうに口づけを落とした。

所々を強く吸い上げられ、そんなささやかな刺激だけで、クラウディアはビクビクと体

を震えさせてしまう。

それから下肢のほうへクルトの手が伸び、クラウディアの脚の間、酷く疼くその場所へとクルトの指が触れる。

「やっ……！　そこは……」

クラウディアの制止の声は、だがクルトには届かなかった。

そこにある割れ目に沿ってクルトの指が這う。粘度の高いなんらかの液体がそこから滲み出ているらしく、それを潤滑剤としてクルトの指がぬるぬると動く。

「やあ、ああっ……！」

そしてつぷりとクルトの指先が割れ目に沈み込み、そこに隠されていた疼きの元へと直接触れられてしまった。

生まれて初めての強烈な快感に、クラウディアは腰を跳ねさせる。

そしてそこを何度か擦られただけでまた先ほどと同じ、下腹が内側へ引き絞られるような、甘く苦しい感覚に飲まれた。

ヒクヒクと体を震えさせながら、呆然としているクラウディアに、クルトは微笑んで、その唇に触れるだけの口づけを落とす。

「本当にすごいや。クラウディア。君は随分と淫乱な体なんだね」

ただ事実を淡々と言われたからこそ、余計にクラウディアは衝撃を受ける。

クルトを色欲に溺(おぼ)れさせるつもりが、完全に自分が溺れていた。

またクルトの手が伸びてきて、クラウディアは体を緊張させる。恐怖と期待で。

だがクルトの手は、クラウディアの柔らかな金糸の髪を優しく撫でるだけだった。

「今日はもうおしまい。こういうのは段階を踏まなきゃいけないんだろう？」

ほんの少し意地悪く言われた言葉に、クラウディアは羞恥のあまり顔を赤く染め上げた。

段階を踏ませるつもりが、段階を踏ませられている。

完全に立場が入れ替わってしまっていた。

なぜクルトはこんなに平然としているのか。今日読んだ艶本のせいなのか。

クラウディアは、敗北感に打ちのめされた。

だが初めて味わわされた慣れない感覚に、疲れ果てていたのだろう。

クルトに優しく抱きしめられ、背中を撫でられているうちに、そのまま深い眠りに落ちてしまった。

第五章　『嫉妬』という感情

「お初にお目にかかります。私の名前はリベリオ・フィネッティと申します」

その日、クルトとクラウディアの元に、監視役として新たにやってきたのは、まだ幼げな雰囲気を残す少年だった。

どうやら前任者だった中年の高位神官は、クルトのここ最近の不遜な態度と我儘放題な態度によってとうとう精神的な限界に追い込まれ、自ら監視役を辞退したようだ。

なんでも恋愛小説を持ってこいと命令したことが、相当な負担だったらしい。

「面白いのにね。何がそんなに嫌だったんだろう？」

などと言って不思議そうに首を傾げているクルトには、おそらく未だに羞恥心という機能がついていないのだろう。

中年男性が書店で女性向けの恋愛小説と艶本を買い漁ることに対する、精神的な負荷について全く理解ができないようだ。

きっとクルトに行かせたら、恥ずかしげもなく淡々と買ってくることだろう。

クラウディアとしては、わずかばかり罪悪感はあるものの、その神官の自分に対するいやらしく見下すような視線や言動がずっと不快だったため、ありがたいとすら思っていた。

嫌いな人間が周囲から一人減っただけでも、格段に生活が楽になる。

そしてこのたび新たな監視役として選ばれたのが、この幼い見習い神官らしい。

くるくると巻いた金の髪に若草色の瞳をした、なかなかの美少年である。

どうやら神殿も、随分と方向性を変えてきたようだ。

これまで中高年の高位神官でクルトの周囲を固めてきたというのに、今度は年端のいかぬ子供である。

(何か理由があるのかしら……？)

神殿側の思惑がわからず落ち着かないが、この少年に罪はない。

「初めまして。私はクラウディアよ。これからよろしくね」

「…………」

神官たちは嫌いだが子供は好きなクラウディアは、微笑んで挨拶した。

一方でクルトは、興味なさそうに少年を一瞥したただけだった。

相変わらず彼は、クラウディア以外の人間に全く興味を持たない。

そして当初の狙い通り、クラウディアへの依存を日々着々と深めている。

「ええと、知っていると思うけれど、こちらがクルト様よ」

誤魔化すようににっこり笑ったクラウディアを、少年神官リベリオはぼうっとした顔で見つめている。

「……あら？　どうしたの？」

クルトに見惚れるのではなく、クラウディアに見惚れるとは。

心配して話しかけてやれば、リベリオは慌てて姿勢を正し、照れ隠しのためか顔を赤らめ、はにかむように笑った。

「も、申し訳ございません！　あの、クラウディア様があまりにお美しかったので……」

つい見惚れてしまったのだと言い、その少年リベリオは目を細めて、うっとりとクラウディアを見つめた。

（……か、かわいい……！）

クラウディアの母性本能が、いたく刺激された。

「ありがとう、リベリオ。嬉しいわ」

もちろんその言葉は社交辞令だろうと思うが、クルト以外の人間に久しぶりに蔑み以外の視線と言葉を向けられて、思わずクラウディアは照れてしまった。

リベリオは、亡き弟と同い年くらいだろうか。

金色の柔らかそうな巻き毛もよく似ていて、後ろ姿などは、まるで見分けがつかないほどだ。

弟の失われた未来を思い、クラウディアの胸がしくりと痛む。

生きていたらきっと、弟もこれくらいの大きさになっていたのだろう。

勝手に弟とリベリオを重ね合わせ、クラウディアは思わず涙ぐみそうになってしまった。

――そして、それが彼に対するクラウディアの警戒心を、決定的に緩ませてしまった。

リベリオに微笑みかけるクラウディアを、クルトは面白くなさそうに見やる。

「いやぁ、やっぱり貴族といえど、三男坊じゃ食いっぱぐれてしまうので」

なんでもリベリオはとある国の伯爵家の三男であり、家の跡を継ぐことも、代替品（スペア）になることもまずないだろうと、信仰の道に進むことにしたのだと言う。

「やっぱり貴族と言っても、金持ちの貴族と貧乏な貴族がいますからね！　うちは貧乏だったので、一人食い扶持（ぶち）が減るだけでも随分と助かりますし！」

そして、この少年。これでもかというくらいに、よくしゃべるのだ。さらにその話が実に面白い。クルトはそれほど口数が多いほうではないので、クラウディアはつい楽しく彼の話を聞いてしまう。気がつけば、クラウディアはクルトよりも、リベリオと会話していることのほうが多くなっていた。

おかげで彼の好きな食べ物から家族構成まで、知り尽くしてしまった。

「クラウディア様が、私を可愛がってくれた、嫁いだ姉によく似ていて……」

などと恥ずかしそうに懐かしそうに言われれば、つい「それなら私を姉と思って！」などと言ってしまいそうになる。

しかも態度が悪い上に、神の名の下にやりたい放題であったこれまでの高位神官たちとは違い、リベリオは真面目で清廉だった。

濁っていない、そのキラキラとした目が眩しくも美しい。

ぜひその輝く目を濁らせずに、このまま素直に生きていってほしいと願う。

そしてリベリオは、女だからとクラウディアのことを見下すような真似もしなかった。

彼はクルトだけではなく、クラウディアに対しても気を配り、話を聞いてくれる。

「何かお困りのことはございませんか？　私にできることがあったらなんでも言ってくださいね」

そんなリベリオの姿勢に、やはり優しかった弟を思い出してしまい、クラウディアの心は酷く痛んだ。

一方でクルトは、リベリオがいるとやたらと不機嫌になる。

しかも彼がそばにいる間、クラウディアにくっついて離れなくなる。

（……クルト様。最近どうなさったのかしら？　体調でも悪いのかしら）

だが共に過ごした半年以上、クルトが体調を崩す姿を見たことがない。

彼は儚げな見た目でありながら、実はかなり頑強な体をしているのである。

クルトの不可解な行動は、リベリオに対する『嫉妬』であるのだが、クラウディアは全く気づいていなかった。

なんせ彼女は箱入り王女の上に、恋に憧れる前に修道女となってしまい、そういった人間の感情には、非常に鈍く疎かったのだ。

そしてしばらくすると、リベリオをここにやった神殿側の意図が見えてきた。

（なるほどね……）

リベリオは貴族の出身とはいえ、ただの見習い神官である。

この大神殿において、最下層の地位にいる。

つまりは高位神官だった前任者らとは違い、あらゆることに決裁権がない。

よってクルトやクラウディアがリベリオになんらかの要望を出したところで、彼はその内容を、上司にそのまま伝えることしかできない。

そしてしょんぼりとした顔をして中庭に戻ってきて「だめだと言われました……」などと涙目で言われてしまうと、クラウディアとしてはもう一回上司に聞いてなんとかしろ、とはとても言い難いのである。

「は？　そんなこともできないなら、とっとと辞めるといい。役立たずはいらない」

一方たとえ子供であろうと容赦のないクルトに冷たく言われ、目を潤ませるリベリオを力づけ慰めるのもまた、クラウディアなのである。

「クルト様ったら。まだリベリオは子供なのですよ？」

いくら彼に当たったところで、無駄なのである。

だったら今すぐ上司の高位神官を連れてこい、とクルトが言いつけても、結局はしょんぼりと一人で戻ってきて「皆お忙しいそうです」などとまた泣きそうな顔で言われるので、困ってしまう。

さらにリベリオはクルトと神官たちの間に挟まれ、クルトだけではなく、高位神官たちにも当たり散らされているようだ。

顔に高位神官に殴られたらしい痣（あざ）を作ってきたときなど、クラウディアは怒り狂ったが、やはりどんなに文句を言っても、神殿側は常にリベリオを代理として寄越すだけだ。

おかげでこのところ、クルトやクラウディアの神殿に対する要望は、ほとんど通らなくなってしまった。

おそらく神殿の上層部は、クラウディアが幼い弟を亡くしていることを知り、監視役に彼女の弟に似て、なおかつ年の近いリベリオをあえて充（あ）てがったのだろう。

愛しい弟によく似た幼いリベリオに、クラウディアは強くは出られないであろうし、自分たちもリベリオを代理とすることで、直接クルトとやり取りをする必要がなくなる上に、仲介人（リベリオ）に当たり散らすことができる。

（本当に、信じられないくらい神殿は腐っているのね……）

クラウディアは、リベリオを憐れみ、この上なく苛立っていた。

大人が子供を盾にするなどと、聖職者として信じられない所業だ。

どこまでもリベリオが不憫（ふびん）だ。早急に監視役から外させたいのに。

「クルト様、クラウディア様。食事をお持ちしました！」

それでもリベリオは、自分にできる範囲のことであれば、こまめにクルトとクラウディアの世話をしてくれる。

今日も何も言わずとも中庭に置かれたテーブルに、せっせと食事を並べてくれた。

（食事の内容が変えられていないだけ、まだいいと思うべきかしら）

どこまで状況を元に戻せるのか、神殿もまた手探りなのだろう。

あまりに一気に何もかもを奪って、クルトを怒らせることは避けたいのだろうから。

さすがに食事の内容を元の粗末なものに戻されていたら、こちらも強硬な手段を取らざるを得なくなる。

「ありがとう、リベリオ。ご苦労様」

クラウディアが礼を言えば、リベリオは嬉しそうに笑う。

「今日もお美しいですね、クラウディア様」

それからうっとりとクラウディアを眺め、そう言った。

年下の男の子にそんなことを言われれば、姉気質なクラウディアはつい嬉しくなってしまうもので。

「ありがとう、リベリオ」

それに報いるように、にっこりと微笑んでやった。

するとそれを見ていたクルトが、クラウディアの腕を引っ張り自分の元へ引き寄せた。

「クルト様？　んんっ……！」

そしてクラウディアの唇を強引に奪うと、まるでリベリオに見せつけるように、舌まで入れ込む濃厚な口づけをした。

（……ちょっと！　どうしてしまったの？　クルト様！）

クルトは確かに常日頃から肌の接触が多いが、こんなふうに人前であえて見せつけるようにするのは、珍しい。

しかも毎回必ず触れる前に、クラウディアに許可を求めてくれるはずなのに、今回はそれもない。

「んむっ！　んんー!!」

子供が見ているからと、必死に身を引こうとするが、放してはくれない。

仕方なくその背をバシバシ叩いてみるが、それでもやはり放してくれない。

結局さんざん口腔内を舐られて、ようやく解放されたときには、クラウディアはぐったりと脱力してしまった。

その全てをばっちり見てしまったのだろう。

リベリオが顔を真っ赤にして、立ち尽くしている。

「……お前。いつまで見ているんだ？」

言外に出ていけ、と言われていることに気づいたリベリオが、「申し訳ありません！」と叫び、慌てて頭を下げて中庭から走って出ていく。

「クルト様！　子供の前で一体何をしているんです！」

さすがに怒ったクラウディアに、クルトは唇を尖らせ、不貞腐れている。

「最近本当に、どうしてしまわれたのです……？」

クルトの行動が全く読めない。クラウディアははあ、と大きくため息を吐くと、頭を抱えてしまった。

結局その後一日中、クルトはクラウディアと口を利こうとはしなかった。

どうやら随分と臍を曲げてしまったらしく、機嫌を取ろうと話しかけても、そっぽを向いて逃げてしまう。

こんなことは初めてで、クラウディアは困ってしまった。

夜になって、それでもクラウディアはクルトの部屋へ行く。

彼の部屋以外に、クラウディアに居場所はないからだ。

やはりクルトは拗ねたままのようで、先に寝台に入って掛布にくるまっている。

いつものようにクラウディアに手を差し伸べ、名を呼んでくれることもない。

やはり少し寂しく思いながら、クラウディアが寝台に近づいた、そのとき。

「きゃあっ！」

突然クルトの腕が伸びてきて、クラウディアの手首を摑むと力まかせに寝台の中へと引きずり込んだ。

クラウディアを強く抱きしめると、荒々しく唇を重ねてくる。

「んんっ……!?」

こんなにも強引で性急なクルトは、初めてだった。

呼吸すら奪われるほどに、舌を絡められ、吸い上げられる。その間にクルトはクラウディアの寝衣を捲り上げ、その肌を剝き出しにしてしまった。

ようやく唇を解放され、クラウディアが恨みがましくクルトの顔を見上げてみれば。

彼は目元を赤くし、悲しいような苦しいような、なんとも言えない顔をしていた。

うっすらと、涙が浮いているような気もする。

そして何より、全身から溢れ出る色気がすごい。

クラウディアは状況を忘れ、思わず見惚れてしまった。

「……私だって、クラウディアのことを綺麗だと言っているのに」

そして突然、訳のわからないことを言い出した。

クラウディアは唖然とする。一体彼は何と張り合っているのか。

「毎日毎日、クラウディアが美しいと思っているのに」

確かにクルトは、よくクラウディアを綺麗だと言ってくれる。

クラウディアとしてはつい、クルトのほうが綺麗なのに、などと捻くれた捉え方をしてしまうのだ。

「それなのに、どうしてクラウディアはあの子供が言ったことは信じて喜んで、私の言葉は信じてくれずに流すんだ？」

どうやらクルトは、リベリオに「美しい」と言われて、クラウディアが喜んだことが許せないらしい。

「私が君をどれほど綺麗だと言っても、あんなふうには喜んではくれないのに……」

確かに、リベリオのときのように、クルトの言葉を手放しに喜んだりはしなかった。

そのことに、クルトから指摘されて初めて気づく。

「最近君は、私のことを放置して、リベリオばかり可愛がっている」

そうだったろうか。そんなつもりはなかったのだが。

クルトがそうだというのなら、そうなのかもしれない。

弟のようで心配で、ついリベリオをかまってしまったことは、否めない。

「……クラウディア。どうか、私のこともちゃんと可愛がってくれ」

「……ふふっ！」

クルトのその言い草に、クラウディアは思わず小さく吹き出してしまった。

可愛い。なんだろう、この生き物は。本当に可愛い。

くすくすと笑うクラウディアに、拗ねたクルトがまた唇を尖らせた。

クラウディアは手を伸ばすと、クルトの頬を両手で包み、胸元へ引き寄せて彼の頭を抱きしめた。

そして、よしよしとまるで幼子に対するように、その銀色の頭を撫でてやった。

「……たぶん私は、リベリオに『嫉妬』をしているんだ」

それを聞いたクラウディアは、思わず目を丸くする。

どうやらクルトはあの少年に『嫉妬』をしていたらしい。

「……嫉妬ですか」

「……うん。クラウディアがリベリオと仲良くしている姿を見ると、胸の辺りがムカムカして、腹立たしくてたまらなくなる」

それは恋愛小説で読んだ、嫉妬という症状に似ているのだと、クルトは言う。

「なるほど……」

そのことを、少しだけ嬉しく感じてしまうのは、なぜだろう。

自然とクラウディアの顔が緩み、にやけてしまう。

クルトの白い頬を撫で、顎を指先でそっと持ち上げて、クラウディアは自ら唇を彼の唇に触れ合わせた。

食むように唇を動かし、うっすらと開いたクルトの唇を舌で割り開いて、その内側へと入り込む。

その間に、クルトの手が、クラウディアの肌を這い回り始める。

クラウディアはその手を軽く叩いてやめさせる。

クルトに触れられると、彼曰く淫乱だというクラウディアの体は、すぐにぐずぐずに気持ちよくなってしまって、自分では何もできなくなってしまうのだ。

拒絶されたと思ったらしい。クルトが衝撃を受けた顔をしている。

だからクラウディアは微笑んで、クルトに聞く。

「ねえ、クルト様。お体に触れても？」

可愛がってほしいというのだから、可愛がってあげなければなるまい。

するとクルトが虚を衝かれた顔をして、それから少しだけ恥ずかしそうに頷いた。

手を伸ばし、いつものクルトの貫頭衣を上から引っ張って脱がせると、眩しいほどの白い体が現れる。

初めて会ったときは骨が浮き上がって見えるほどに細かったが、今ではほどよく筋肉がつき、随分と男らしい体になった。

そんな彼の体の形を確かめるように、クラウディアは手のひらを肌に滑らせていく。

「っ……！」

敏感な場所に触れるたび、クルトが小さく息を詰めるのが、なんとも色っぽい。

クラウディアはなにやら楽しくなってしまい、クルトが反応を示す場所に執拗に触れてやった。

するとクルトが恨みがましい目で見つめてくるので、またそっと口づけをして誤魔化す。

そっと彼の下半身を見れば、男性の象徴が下腹につきそうなほどに雄々しく勃ち上がっている。

最初は恥ずかしくて直視できなかったのだが、裸族なクルトと共に暮らし、半年も見続けていれば見慣れてしまうものである。慣れというのは本当に恐ろしい。

だがこうして興奮している状態のものを見たことは、そう多くない。

性的な触れ合いは日常的にしているが、未だ互いの体をつなげたことはないのだ。

クラウディアは勇気を出して、そっとそこに触れてみる。

「んっ……」

クルトが小さく色のついた声を漏らした。思ったよりも硬く滑らかで、そして熱い。

この綺麗な存在を汚しているような、妙な背徳感に酔って、クラウディアはそれを優しく手で摩ってみた。

「いや……クラウディア、待って……！　んっ……」

するといつもゆっくりとしゃべるクルトが珍しく、切羽詰まった声を上げた。

それから間を置かずに、手に握っていたそれが大きく脈を打ち、クラウディアの胸元に勢いよく生温かい白濁した液体を吐き出した。

生臭い匂いがするそれを、一体なんだろうとクラウディアは指先で触ってみる。

粘度がありぬるぬるとして、不思議な感触だ。

それからクルトを見上げてみれば、彼は真っ赤な顔をして俯いていた。

そんな彼の恥ずかしそうな顔を初めて見たクラウディアは、今自分が触れているものがいわゆる子種であることに気づき、悲鳴を上げそうになった。

そんなに激しく摩ったつもりはなかったのだが、クルトはあっさりと達し、精を吐き出してしまったらしい。

「……クルト様も淫乱なのですね……」

思わず言ったクラウディアの言葉に、とうとうクルトは手で顔を覆い、寝台の上に突っ伏してしまった。

酷いだのあんまりだのぶつぶつ呟いているが、やられたことをやり返しただけである。

それにしても、とうとうクルトにも、羞恥心というものが実装されたようだ。めでたいことである。

この半年の彼の成長を思い、クラウディアはまたしても感慨深い気持ちになる。

しばらくそのまま突っ伏していたクルトだったが、気を取り直したのか、体を起こし、クラウディアを恨みがましい目で見つめた。

彼が可愛がってくれというから可愛がったのに。なぜだろう。

それからクラウディアの胸に飛び散った己の精液を綺麗に拭うと、食らいつくように口づけをしてきた。

そして体の位置を入れ替え、クラウディアを寝台へと沈める。

下からそっと見上げてみれば、クルトはなにやら嗜虐的に笑っていた。

やはりこの世のものとは思えぬほどに美しいのだが、それ以上に恐怖を感じ、クラウディアは震え上がった。

彼のまっすぐな銀の髪が、さらりと下りてきて、まるで鉄格子のようにクラウディアを取り囲む。

囚われた、と思った。

「……今度は私の番だね。徹底的に可愛がってあげる」

舌舐めずりしながらそんなことを言われ、クラウディアは心の中で泣いた。

クルトの唇がまた下りてきて、クラウディアの唇を塞ぐ。

クラウディアは抵抗せず、体の力を抜いた。

もう、彼の気のすむようにしてくれればいいのだ。

クルトに角度を変えながら、何度も唇を啄まれる。

やがてそのまま徐々に下へと移動し、クラウディアの白い首筋を強く吸い上げたり甘噛みしたりしながら伝っていき、やがて胸元へと下りてくる。

それからクラウディアの豊満な乳房に顔を埋めて、クルトは満足げなため息を吐いた。

なんとなくクラウディアは手を伸ばし、彼の頭を優しく撫でてやる。

まるで幼い子供のようだと思っていたら、その考えが読まれてしまったのか、胸の谷間からクルトに軽く睨まれてしまった。

その鋭い目に、下腹がきゅうっと締めつけられるように、甘く疼く。

初めて素肌を触れ合わせた日から、クルトは毎日のようにクラウディアの体を弄り倒しているため、クラウディアの体は、すっかり彼に従順になってしまった。

どちらが『色欲』の罪に堕ちたのかと聞かれれば、間違いなくクラウディアのほうだろう。

クルトの大きな手のひらが、クラウディアの乳房を掴み、揉み上げる。

そして、ツンとした痛みに似た感覚と共に、硬く勃ち上がったその頂を、舌でじっとりと舐めあげられた。

「んあっ……あっ……！」

くすぐったくて、甘くて、苦しい感覚がクラウディアを苛む。

思わず身を捩らせるが、クルトが体重をかけてしっかりとクラウディアを拘束しているため、逃げることはできない。

薄紅色に色づいた乳輪の部分をなぞるように、クルトが舌を這わせる。

先ほどとは一転して優しい快感に、クラウディアは目を細める。

だがそれを繰り返されているうちに、今度は不思議と物足りなさを感じるようになってしまう。

うずうずと体を動かしていると、クルトが身を起こし、にやりと人が悪そうな顔をした。

「どうしたんだ？　クラウディア」

この男、わかっているくせに、わざわざ聞いてくるのである。

随分と性格が悪くなったものだと、またしてもクラウディアは感慨深く思い、心で泣いた。

「クルト様……お願い……」

どうかこれ以上、いじめないでほしい。

哀願するクラウディアに、クルトの喉が、何かを嚥下するようにこくりと動く。

それからクルトの唇がまた胸元に降りてきて、ぷっくりと勃ち上がったクラウディアの

胸の頂を、ちゅうっと音を立てて吸い上げた。

「ひっ！」

突然の強い快感に、クラウディアは思わず腰を跳ねさせ、高い声を上げてしまう。

その反応に気をよくしたのか、クルトはその二つの赤くて硬い実を、軽く歯を当てたり、しごいたり、指先で引っ張り上げたり押し込んだりと、執拗に甚振った。

そのたびにクラウディアの体が、陸に上げられてしまった魚のように小さく跳ねる。

そしてまだ触れられていないはずの下腹に熱が溜まり、疼き出す。

「や、あ、ああっ……！」

解放を求めて、思わず太ももに力が入る。

だが、果てに行き着く寸前で、クルトはクラウディアを苛むのをやめた。

「……え？」

思わず落胆が滲む間抜けな声を上げてしまい、クラウディアは慌てて手で己の口を塞ぐ。

するとクルトは嬉しそうに笑い、クラウディアの両手を取り上げると、一つにまとめ上げて彼女の頭の上で拘束してしまった。

「クラウディアの、みっともない声が聞きたいから」

本当に随分と意地の悪い性格になったものである。

我ながら、教育を間違えたかもしれない。

堕落させるという意味では、正しいのかもしれないが。

それからクルトは、クラウディアの体をじっくりと見つめた。

その視線を肌に感じ、ぞくぞくと甘い疼きが背中に走る。

闇の中、ランプの灯りで白く浮き上がるクラウディアの体は、女性らしい曲線を描き、いやらしく、そして美しい。

「クラウディアは、本当に綺麗だ……」

思わず、といったようにこぼれるクルトの言葉に。

羞恥に苛まれながらも、クラウディアは微笑む。

「ありがとうございます、クルト様」

嬉しいと、彼が望んだ言葉をこぼせば、クルトも嬉しそうに笑った。

これでリベリオへの妙な敵愾心(てきがいしん)を、なくしてくれたのならいいのだが。

クルトが空いているほうの腕を、クラウディアの脚の間に入れ込み、大きく割り開く。

物心ついてから、こんなにも大きく脚を開いたことなどない。

クラウディアは、慌てて閉じようとするが、クルトはそこに体を入れ込んで、閉じられないようにしてしまった。

普段外気に触れることのない場所が、剝き出しにされて戦慄(わなな)く。

そこへクルトの手が伸ばされ、クラウディアの髪よりもほんの少し黄色味の強い下生えに触れ、ふわふわとしたその感触を楽しむ。

そして、その茂みの奥に指が伸ばされて、触れられればくちゅりと水に濡れた音がした。

「やっ……！」

「今日もびしょびしょだ。外まで溢れている。クラウディアは本当に快楽に弱いな」

そんなわかりきったことを、わざわざ言わないでほしい。

あまりにも読んだ艶本の影響を受けすぎではなかろうか。

クラウディアとて、ままならぬこの体を疎んでいるというのに。

少し悲しい気持ちになり、眉根を寄せれば、クルトは慌ててクラウディアを抱きしめる。

「違う。クラウディア。君を蔑んでいるのではなく、ただ私が喜んでいるだけだ」

快楽に弱いクラウディアが、可愛くてたまらないのだと、クルトは言う。

自分の手で乱れるクラウディアが、愛しくてたまらないのだと。

濡れた割れ目にクルトの指先が沈み、そこにある硬く勃ち上がった小さな粒を捉える。

「ああっ……！」

神経の塊を直接触れられて、強い快楽がクラウディアを襲った。

指の腹でぐりぐりと押しつぶすように刺激されるだけで、無意識のうちに腰ががくがくと震えてしまう。

あっという間に果てが近づいて、心許（こころもと）なくなったクラウディアは怯え、震える。

「クルト様、手……いや……」

潤む視界で乞えば、クルトがようやく拘束されていた両手を解放してくれた。

クラウディアは自由になった手で助けを求めるように、クルトに縋りつき、その背中に両手を這わせる。

クルトが小さく息を呑み、そして目の前にあるクラウディアの唇に、食らいつくような口づけをした。

それから、刺激を受け続けたために濡れそぼり、限界まで真っ赤に腫れあがった花心の根元を、きゅっと指先で摘み上げられて。

「――――っ！」

これまで溜め込んでいた快感が一気に決壊し、クラウディアは絶頂の波に呑まれた。

余韻で腰を跳ねさせるクラウディアを強く抱き込み、クルトは脈動を続けるクラウディアの蜜口にそっと指を差し込む。

よく濡れたそこは、さほどの抵抗もなく、クルトの指を飲み込んだ。

クルトがそのヒクつく膣壁を、広げるように指で探る。

クラウディアは下腹部の異物感に耐えながら、クルトにしがみつく。

「うん。広がってきた。もう一本指を増やすね」

そう囁かれて、もう無理だと叫びそうになったが、クルトは容赦なく新たな指を差し込んでくる。

段違いの圧迫感で、腰の震えが止まらない。

「クラウディア。大丈夫だから。体の力を抜いて」

そうは言っても、無理なものは無理である。

必死に力を抜こうとするが、自分の内側で指が蠢くたびに、緊張で体がまた固まってしまう。

それでもなんとか二本の指が滑らかに出し入れできるようになったところで、クルトが指をクラウディアの中から引き抜いた。

「ひんっ！」

その摩擦すら反応してしまうほど、ぐずぐずに溶けきったクラウディアの蜜口に、熱く硬い何かがあてがわれる。

「ねえ、クラウディア。やっぱり私は君に恋をしてるんだ」

クルトが何かを乞うように、クラウディアの耳元で囁いた。

「たとえ君が私を好きではなくても。私は君のことが好きだよ」

与えられた快楽でぼうっとした頭で、クルトの言葉を反芻する。

彼は一体何を言っているのだろうと、不思議に思う。

「――君のためなら、世界を滅ぼしたっていい」

（ああ、やっぱりそうなのね……）

そのとき、唐突にクラウディアは理解した。

クラウディアは、この世界でただ一人、クルトの言葉だけは一切疑っていない。

つまりクルトが、クラウディアのためなら世界を滅ぼしてもいい、と考えていることは事実なのだ。

けれども現在、クラウディアの望みは叶っていない。

――世界は今もそのままで。

つまりは、クルトには実際、そんな力はないということで。

「でも世界を滅ぼしたら、きっと君もいなくなってしまうんだよね。それが私は、嫌だな」

困ったように言うクルトに、クラウディアの両目から涙が溢れた。

「クラウディア。抱いてもいいかな？」

たとえ世界を滅ぼせなくても。そう言外に言われたような気がした。

クラウディアは頷き、彼の体を引き寄せるように、抱きしめた。

それはもう、理性ではなく、ただの本能だった。

するとすぐに、指とは比べものにならない質量が、クラウディアの中を押し開いていく。

「…………！」

蜜口が極限まで広げられ、じくじくと熱っぽい痛みがクラウディアを苛む。

「温かい……気持ちいい……」

耳元で、クルトの熱に浮かされたような言葉を漏らされる。

涙で滲む視界で、クラウディアはクルトを見上げた。

眉根を寄せて、どこか苦しげに、けれども幸せそうに笑うクルトの顔が、そこにあった。

「ああ、どうしよう。クラウディア。幸せだ……」

クルトの目も涙で滲む。あまりにも語彙力のない子供のような感想に、クラウディアは思わず笑ってしまった。

「すまない。クラウディア。動いてもいいか？」

引きつるような痛みは未だあったけれど、クルトが苦しそうなこと、そして自分自身も腹の奥が物欲しげに疼くこともあって、クラウディアはこくりと頷いた。

クルトが小さく腰を揺らした。

すると傷ついたばかりのクラウディアの中が、また小さく痛む。

その痛みを堪えるために、唇を噛みしめれば、咎めるようにクルトの唇が降りてきて、啄むような口づけを繰り返した。

温もりに、不思議と痛みが薄れるような気がした。

「クルト様……。もう大丈夫ですよ」

「っ……！」

クラウディアが許しを与えれば、クルトは小さく唸り声を上げて、激しく腰を打ちつけてきた。

「あっ……！　ああっ……！」

腹の奥に重く、けれどもどこか甘い衝撃が走り、クラウディアの腰が戦慄く。

そのまま容赦なく突き上げられ、断続的な痛みの中で、わずかながら感じる何か。

それを拾い上げようと、クラウディアは目を瞑り、感覚を澄ます。クルトがつながった場所のすぐ上にある敏感な突起を、抽送に合わせて指先で擦りあげた。

「あああっ……！」

わかりやすい快感で、わずかに痛みが散らされて。――そして。

「んっ……！」

一際強く穿ったクラウディアの最奥で、クルトは小さく呻いてその熱を解放した。

暗い部屋の中で、互いの荒い息だけが響く。つながった場所でビクビクと脈動を繰り返しているのは、クルトか、それともクラウディアか。

温かな何かが下腹部に広がった気がして、クラウディアはそっとその薄い腹を撫でる。

そして久しぶりに感じる充足感に、クラウディアの瞼が重くなる。

「――おやすみクラウディア。いい夢を」

すると優しいクルトの声が聞こえ、唇に温もりが落ちてくる。

クラウディアは少しだけ笑って、そのまま夢の世界に旅立った。

第六章　人間であるということ

初めて体を重ね合い、疲れ果てて抱き合って泥のように眠って。

瞼の上に陽の光を感じて、クラウディアは目を覚ました。

すると珍しくクルトが先に起きていて、クラウディアのふわふわとした金色の髪を、嬉しそうに撫でていた。

相変わらずクラウディアの髪がお気に入りらしい。

愛おしげにクラウディアを見つめるその銀色の目に、クラウディアの中で堪えていた色々なものが、一気に決壊した。

クラウディアの緑柱石（エメラルド）色の目から次々に涙がこぼれ落ちる。

ああ、やはりそうだったのだ。

世界が滅びることなどない。天罰など下らない。――なぜならば。

「……クルト様は、人間なのですね」

クラウディアの突然の問いに、クルトはわずかに目を見開き、それから一つ小さく頷いた。

己の罪深さに、クラウディアは震えた。

「ごめん……なさい。ごめんなさい、ごめんなさい、ごめんなさい」

そして口からこぼれたのは、許しを乞う言葉だ。

壊れたようにひたすら詫び続けるクラウディアに、不思議とクルトは慌てることなく、ただ彼女を抱きしめ、その体をあやすように優しく揺らした。

それからクルトはそのまま泣き続ける彼女を抱き上げ、浴室に連れていき湯浴みをさせ、ブラシで髪を整え、ドレスを着せ、食事をとらせた。

もはやどちらが世話係か、わかったものではない。

ようやくクラウディアが落ち着いたのは、太陽が真上を随分と過ぎた頃だった。

「……お話ししたいことがあるんです。クルト様」

「うん」

ようやく覚悟を決めたクラウディアは、クルトに己に起きたこれまでのことを全て話した。

帝国により、祖国を滅ぼされ、家族を殺されてしまったこと。

国民にまで恨まれ、家族を酷く辱められたこと。

帝国だけではなく、世界そのものを、そして神をも憎み、クルトを利用して全てに復讐しようとしていたこと。

そんな論理の破綻したクラウディアの話を、クルトはただ聞き続けてくれた。

「……ふうん。そんなことがあったのか」

罵られるかと思いきや、淡々としたクルトの声に、クラウディアは体を緊張させる。

彼に、本当に酷いことを、決して許されぬことをしてしまった。

正直クラウディアは、ここでクルトに断罪され、殺されても仕方がないと思っていた。

神の愛し子であるクルトを堕落させることで、神に、復讐しようとした。

可能ならば、自分の代わりに世界を滅ぼさせようとすらしていた。

今こうしてクラウディアと性的関係を持ち、神が定めし罪の多くを背負ったクルトは、確かに『神の子』として堕落したと言えるだろう。

けれども今もなお、何も起きない。

そしてそんな神の子であるクルトを誑かしたクラウディアが、神から天罰を受けることもなかった。

──つまりは、やはり神などいないのだ。

クラウディアはとうとう、そんな世界の真実に、気づいてしまった。

いや、元々気づいていたのに、必死で気づかないふりをしていたのだった。

そもそも罪を定めた教典自体が、神ではなく人間が勝手に考案し、書に記したものなのだろう。

人間社会の秩序を守るため、神の名の下に時の権力者が都合よく作っただけのもの。

所詮、罪を定めたのは、神ではなく人間だ。

だからどれほど怠惰に暮らそうが、腹一杯に食べようが、他人に嫉妬しようが、人を見下そうが、物を欲しがろうが、肉欲に溺れようが、怒り狂おうが、実のところ神から天罰など下り(くだ)はしないのだ。

「……君はまだ、世界を滅ぼしたいのかな？」

クルトが優しくクラウディアに聞いた。だがクラウディアには、もうわからなかった。

結局頼みの綱だったクルトは、どこにでもいるただの人間で。

どれほど恨みに思おうが、なんの力もない小娘には、どうすることもできない。

「もう、わからないんです……」

力なく答えたクラウディアを、クルトは再び優しく抱きしめた。

──では、預言の子とは、神の子とは、一体なんなのか。

（おそらく神殿の上層部が、恐ろしく見目のいい子供（クルト様）を見つけ、エラルト教の象徴として、ありもしないその存在をでっち上げたのでしょうね……）

クルトの温かな腕の中で、クラウディアは思う。

所詮クルトは見目が美しいだけの、なんの特殊能力もない、ただの人間である。

神の名の下に、神殿から象徴として祀（まつ）りあげられ、利用され搾取（さくしゅ）されてきた、哀れな存在でしかない。

そんなクルトに、クラウディアは罪を重ねさせたのだ。

家族を失ったとき。何を犠牲にしてもかまわないと思っていたのに。

今になってクラウディアの胸を、酷い罪悪感が焼いた。

「本当に申し訳ございませんでした」

クラウディアはクルトから身を離し、寝台の上で深く深く頭を下げた。

けれどももう、償（つぐな）いようがなかった。彼は、堕ちるところまで、堕ちてしまった。

（クルト様が望むのならば、今すぐこの神殿を出ていきましょう……）

もしかしたら口封じのために、教団によってすぐ殺されてしまうかもしれないけれど。

するとクルトが、長く深いため息を吐いた。

それを聞いた、クラウディアの肩が震える。

「私の前に君が現れるまで、私の人生は、生きているのに死んでいるようなものだった」

クルトの声に、責めるような響きはなかった。

「でも今は、毎日がとてもとても楽しいんだ」

ただただ優しい声音。そこにあるのは労わりだけだ。

クラウディアは顔を上げる。するとクルトは、実に幸せそうに目を細め微笑んだ。

エラルト教は、人間が持つ欲望を『悪』と呼び、『罪』と呼ぶ。

だが本当に欲望とは、人間にとって不要なものなのだろうか。

クルトを見ていると、クラウディアは疑問に思わずにいられないのだ。

ただ、神官に言われるがまま、一切の欲を切り捨てて、植物のように生きていたクルト。

今、クラウディアの横で美味しいものを食べ、のんびりとした時間を過ごし、欲しいものを手に入れて、恋をして、こうして幸せそうに笑っているクルト。

どちらがいいかと問われれば、クラウディアは断然、今のクルトのほうがよかった。

すっかり人間らしくなってしまった、クルトのことが大好きだった。

「……ねえ、クラウディア、君がここに来てくれてから、私はずっとずっと幸せなんだ」

――罪を知った神の子（クルト）は、ただの人間になった。ただの、幸せな人間に。

なるほど、確かにクラウディアは罪深いのだろう。

神殿が大切に作り上げた神の子を、ただの人間に戻してしまったのだから。

けれどクルトは幸せそうなのだ。出会ったばかりの頃よりも、ずっと。

「だからクラウディアに感謝こそすれ、恨むことは、決してないよ」

クラウディアの目から、また温かな涙がこぼれ落ちた。

そして、彼の体に縋りついて、ただただ泣き続けた。

「……これからクラウディアはどうするんだ？」

しばらくしてようやく泣きやんだクラウディアに、クルトが聞いた。

彼に世界をどうにかする力がないとわかった以上、クラウディアがこの大神殿にいる意味はない。

なんせ、この国の主軸たる高位神官たちに、喧嘩を売りまくってしまったのである。

自ら動かずとも近いうちに、この大神殿から追い出されることだろう。

さらにクラウディアは、エラルト神など、もう綺麗さっぱり信仰していない。

つまりはそもそも、聖職者でいる必要がない。

「そうですね……還俗して、ここを出ていこうかと考えています」

そして、他に自分ができることを、探してみるのだ。

「………」

するとそれを聞いたクルトが色をなくし、縋るような目でクラウディアを見た。

どうやら、ここに一人置いていかれると思っているようだ。

クラウディアがこの神殿から出ることは容易い。神官たちは喜んで彼女を解放することだろう。

一方でクルトがここから出ることは、非常に難しい。神官たちは、なんとしても彼を引き止めようとするだろう。

つまり、クラウディアがこの神殿から出てしまえば、クルトとはもう二度と会うことはない。

（……でもクルト様を、一人にしたくない）

神の名の下に喜びや楽しみを奪われ、これまで死んだように生きていたクルト。

ずっと、自分が寂しいことにすら気づいていなかった、可哀想な人。

（……ずっと一緒にいられたらいいのに）

「嫌だ。嫌だ。嫌だ……」

すると幼い拒絶と共にクルトの腕が伸びてきて、クラウディアを捕らえ、その体に蔓のように絡みつく。

――――決して、逃がさぬようにと。

「クラウディアは、私のものだ。離れることは許さない」

その深い執着を、心地よく思ってしまう自分もまた、もうすっかり彼に毒されているのかもしれない。

（私もクルト様から離れたくないんだわ……）

そこでクラウディアは、ふと思いつく。

そうだ。神の子を堕落させただけではなく、ここから奪い取ってしまったらどうだろう。

手に手を取って、この神官たちの作った箱庭から、共に逃げ出してしまうのだ。

きっとそれは神殿に対し、最高の意趣返しになるのではないだろうか。

（クルト様だって、いずれ利用価値がなくなったら、どんな扱いを受けるかわからないのだもの）

だったら、クラウディアがもらってしまったって、いいだろう。

クラウディアはクルトの耳元で、誰にも聞かれないように囁いた。

「……ねえクルト様。私と一緒に、ここから出ませんか？」

クルトは生まれたときから、この中庭しか知らない。

確かにここは美しい。年間を通して変わらない気候に、季節に関係なく咲き乱れる花々。

食べるものにも困らなければ、寝る場所にも困らない。

聖典に曰く、始まりの人間(クルト)が暮らしたのだという、神が作った楽園。

それを模(も)して作られた、箱庭だ。

けれども世界は広い。ここにいては見られぬ美しいものが、たくさんあるのだ。

それらを全てクルトに見せてやりたいと。そうクラウディアは思った。

「私はクルト様に、広い空を見せて差し上げたいのです」

こんな小さな枠にはめられた空ではなく、世界の果てまで見渡せるような、限りなく広い空を。

するとクルトは満面の笑みを浮かべて、同じくクラウディアの耳元で、他の者に聞かれないようにそっと囁く。

「……うん。二人でここから逃げてしまおう」

悪戯(いたずら)を考える子供のような顔で、二人はにやりと笑い合う。

それから寝台の上で、二人小さく丸まって、秘密の話をする。

「まずはどうやってここから抜け出すか、ですね」

大神殿は警備が厳重で、この中庭はその最奥にある。

さらに中庭の門は、男性神官が複数人で押さねば開かない、重厚な鋼鉄の扉だ。

その扉の前には常に数人門番がおり、神官の出入りすらしっかり管理されている。

リベリオの毎日の出入りすら、扉の開閉は厳重に行われているのだ。

(相変わらず、クルト様は猛獣のような扱いなのよね……)

クルトの行動に、乱暴なところは一切ない。

それなのに、一体なぜそんなにも警戒されているのだろうか。

「この中庭に、外へ出られる抜け道とかないですかね」

「うーん。そんな都合のいい話は聞いたことがないな」

それはそうだろう。クラウディアはため息を吐いた。

あの鋼鉄の扉を通過する方法が、何も思いつかない。

「私が神官たちにここから出ていくと言えば、それですむ気がするけれど」

「いや、絶対にそれじゃすみませんよ。下手したら拘束されてしまいます」

なぜそんなことが罷り通ると思っているのか。クラウディアは呆れて肩をすくめる。

神官たちも、さすがにそこまでの我儘は聞いてくれないだろう。

誠に残念なことに、クルトは見た目が美しいだけの、ただの人間である。

今はまだ神の子として尊重されているが、いずれその権威を失ってしまえば、神官たちに数の力で強硬手段を取られた時点で詰んでしまう。

神官たちに疎まれているクラウディアに至っては、殺されてしまう可能性が高い。

「それならいっそ、邪魔する神官たちを全て殺してしまおうか？」

するとクルトがなんでもないように、神の子とは思えぬとんでもないことを言い出した。

それを聞いたクラウディアは、さらに呆れた。

ここから逃げ出そうとすれば、この神殿の神官たちが総出で妨害してくるだろう。

確かに食事の改善により、クルトの体全体にほどよく筋肉がついたとはいえ、この大神殿にいる神官たち全てを、彼一人でどうにかできるわけがない。

一体どれだけの神官が、この大神殿に在籍していると思っているのだ。

「たぶんそんなに難しいことではないと思うんだ」

「今日もクルト様の自己評価の高さは素晴らしいですね。一体どこからそんな自信が……」

クラウディアは深いため息を吐いた。

彼のこの世間知らずさも、いずれはどうにかせねばなるまい。

やはりここからうまく逃げ出す方法が、全く思い浮かばない。

「ならばどうしようか」

長期的に計画を練り、方法を考えるしかないだろう。

どうしたものかとクルトを見つめ、そこでクラウディアはあることに気づいた。

「あ、そういえばクルト様。もし神殿の外に出るのなら、さすがにその貫頭衣はないです。ちゃんとした服を着なくてはいけませんよ」

クラウディアが至極当然なことを言えば、クルトがあからさまに不服そうな顔をした。

「体を締めつける服は苦手なのに……」

「それから夜とはいえ、全裸で過ごすのもだめですよ」

「ええ？　夜も……!?」

全裸で過ごすことをこよなく愛しているクルトが、衝撃を受けた顔をしている。

それを見て、クラウディアは思わず吹き出してしまった。

「どうして外では服を着なくてはならないんだろうか……」

クルトがぶつぶつと文句を言う。

人が服を着るのは、当然のことである。

だがなぜ当然かと問われれば、的確に答えることは存外難しい。

なんせ、神が初めて作った人間も、楽園にて全裸で過ごしていたというのだから。

だが神の教え通りに、世の人間が全裸で過ごしていたら、やはりとんでもない事態になってしまうだろう。

「……クルト様。神殿の外は温度調節がされていないんです」

この中庭は、全体が温室となっており、常に適温に調節されている。

そのため一年を通し、花が咲き乱れているのだ。神の造った楽園のように。

だからこそ、この裸族、もといクルトが裸やら貫頭衣やらで呑気に過ごせるのである。

「ここは冬も夜も暖かいですけれど、外では寒暖差があるんです。今のように裸や貫頭衣で過ごしていたら凍えて死んでしまいますよ」

人が服を着るのは、まず第一に体温調節のためである。

もちろんそれだけが理由ではないが、そうクラウディアはクルトに諭した。

なんせクルトには羞恥心がほとんど存在していないので、他の理由を説明したところで無駄だろう。

だがクルトは、寒いという感覚もまた、よくわからないようだ。

彼が外の世界の寒さを知ったらどんな顔をするのだろう。想像したら、少し楽しくなる。

「確かに死んだら困ってしまうな……」

「だったら服はきちんと着なくてはなりません」

「わかった……頑張ってみる……」

するとクルトは渋々ながら頷いた。クラウディアは言質を取ったとほくそ笑む。

「それならクルト様が着る服を、手に入れなければなりませんね」

服を着たクルトを想像して、クラウディアは心が弾んだ。

なんせクルトは、貫頭衣や全裸でもこれほど美しいのだ。

ちゃんと服を着たのなら、一体どれほど美しい青年になるだろうか。

だがこれまで着衣を極力避けていたクルトが、突然服を着たいと言い出したら、警戒されそうではある。

「それならクラウディアがドレスを着るのを見て、私も着てみたくなったとか言ってみようか」

「あら？　それだとまるでクルト様が、ドレスを着たがっているように聞こえますよ」

これまたうっかり想像してしまったクラウディアは、それはそれで似合いそうだと、思わず吹き出しそうになってしまった。

「普通の服だって嫌なのに、あんなドレスを着たら死んでしまうよ……」

銀色の眉を情けなく下げて、心底嫌そうな顔をしたクルトに、笑いを堪えるクラウディアの腹筋がさらに引きつる。

「あ、それと外での裸足もダメです。ちゃんと靴を履かなくてはいけませんよ」

「靴なんて一度も履いたことがないのに……！」

「ふふっ……！　あはは……！」

とうとう堪えきれなくなったクラウディアは腹を抱え声を上げて、コロコロと笑った。

鈴の音のようなクラウディアの笑い声に、情けない顔をしたままクルトは耳を澄ます。

「……クラウディアの笑い声はいいな。ずっと聞いていたくなる」

それからクルトも釣られたように、小さく声を上げて笑った。

前にクラウディアがこんなふうに声を上げて笑ったのは、もう思い出せないくらいに遠い昔のことだ。

今、こうして笑っている自分が、信じられない。

気づかないうちに少しずつ、そして確かに、傷は癒えてしまっていたのだ。

己の惰弱(だじゃく)さに思わず滲んだ涙を、笑ったせいだとクラウディアは誤魔化した。

「ここが今、私たちのいるエラルト神国です」

ひとしきり笑った後、クラウディアは恋愛小説の無地の裏表紙に、この大陸の大体の地図を描いて、豆粒のように小さな国を指差した。

クルトは興味津々に、その歪な地図を覗き込む。

「……こんなに小さいんだね」

自分の住む国の小ささに、クルトは驚いたように目を見開く。

「そしてここから、ここまでがヴィオーラ帝国です」

「……こんなに大きいんだね」

その中には、かつてのクラウディアの故郷、アルファーロ王国もある。

大切な家族は、まだあの城門に吊るされているのだろうか。

そんなことを思い、心の中の生乾きの傷をクラウディアは自ら抉る。

この傷は、簡単に癒やすわけにはいかないのだ。

この神殿を出たら、また何か自分にできることを、探さなければ。

生き残ってしまった自分が、安穏と暮らすのは、やはり許されないだろう。

「そしてここが、帝国の帝都。……ここを出たら、一度行ってみようと思います」

もう自分にできることなど、ほとんど何もないだろうけれど。

それでも復讐のために振り上げた拳の落とし所は、自分のためにもしっかりと決めておかねばならない。

それを聞いたクルトが、わずかに眉を顰めた。

「……ねえクルト様。ここを出たら、一緒に私の故郷に行ってみませんか？　できれば、春がいいですね。花が綺麗に咲いているでしょうし」

クラウディアの故郷は農業国なだけあって、気候に恵まれている。

春になれば、そこら中に花が咲き乱れるのだ。

目を閉じれば、今でもその美しい風景が浮かぶ。

家族を失ってから、国そのものを憎んだこともあったけれど。思い返せば慕わしく、愛おしい。

――クルトにも、見せてあげたい。見渡す限りの花々を。

「……どうして春だと花が綺麗なんだい？」

すると不思議そうに、クルトが聞いてくる。

この楽園は、温度調節されていて日当たりも良く、一年を通じて花が咲いている。

「クルト様。神殿の外の世界では、ここのように一年中花が咲いているわけではないのです」

だからクルトは、春が花の咲く季節である、という観念すら持っていない。

冬を乗り越え春を迎え、花が咲く喜びを、知らないのだ。

それは不幸なことであるように、クラウディアは思った。

もっと彼に、色々なことを教えてあげたい。

彼が自らこの箱庭の外に、興味を持てるように。

そうだ。ここを出たら、まずはこの大陸中を二人で回ろう。

色々なものを見て、色々な物を食べて、数えきれないくらいの経験をするのだ。

――それがクラウディアの、クルトに対する償いのような気がした。


二人はその後も普段通りに過ごしながら、密かに脱出する機会を窺っていた。

だが肉体関係を持ち恋人のような関係になったことで、明らかに変わった点もあった。

とにかく、クルトの愛情表現が止まるところを知らないのだ。

ひたすら毎日クラウディアにまとわりついて可愛いだの大好きだのと言い募り、隙あらば抱きしめたり口づけをしたりと、人前でも過剰な接触をするようになった。

クラウディアとクルトが肉体関係を持ったことを、神官たちもまた察したようだ。

「……クラウディア様。少し脈を測らせていただいてもよろしいですか」

それからリベリオが、毎日クラウディアの体を診察するようになった。

神殿は信者に対し診療所としての役目も負っており、神官は医師を兼ねていることが多い。リベリオまたその一人であり、見習い神官でもあり、医師の卵でもあるのだという。

彼の実家である伯爵家は、代々多くの医官を輩出する家だったようだ。

「薬の類ならお任せください！」

リベリオは、まだ未成年の身でありながら、こと薬物に関しては右に出る者がいないほどの知識を誇っているのだという。

大した喜捨もなく神殿に入れたのは、まさにその技能故であったらしい。

「はい、特に問題はないようですね」

いつものごとく不機嫌なクルトを背中に引っつけたまま、クラウディアは診察を受けた。

「ただ少し貧血があるようです。大切な御身ですので、きちんと三食食べてくださいね」

(大切な御身、ねえ……)

クラウディアがクルトと肉体関係を持ったことを、どうやら神官たちは非常に喜んでいるようだ。

おかげで神官たちのクラウディアに対する扱いが、格段に良くなった。

道理でクルトが何をしても受け入れろ、などと言っていたわけである。

気持ちが悪くて、背筋が凍る。

(——まあ、元々そういう計画だったのでしょうね)

彼らにとって、それは歓迎すべき事態であり、予定通りといったところなのだろう。

元々クルトは、この大神殿の男性神官たちによって世話をされていた。

それなのに年頃になって突然、女性の世話係を充てがった、その理由。

――男性にはできなくて、女性にはできること。

かつて、神官たちがクラウディアのいた修道院に、クルトの世話係を探しにきたときのことを思い出す。

彼らは修道院の中でも若い修道女だけを集め、さらに最も容姿端麗であったクラウディアを選んだ。

(どうして世話係に、あえて若く美しい女性を必要としたのか)

考えれば、どこまでも腐った理由しか思い浮かばない。

――おそらく神官たちは、神の子の生殖実験を行おうとしたのだ。

よってクルトとクラウディアが肉体関係を持つようになるのを、元々待ちかまえていたのだろう。

彼らからすれば、いわばクラウディアとクルトは番わせて交尾に成功した、家畜のようなもので。

(本当に、悍ましいことね……)

持ってこさせた恋愛小説の中に、なぜか頼んでいないはずの艶本が混じっていたのも、おそらくは、クルトを唆けることが目的だったと思われる。

そしてまんまとクラウディアとクルトは、神官たちの思惑通りになってしまった。

だが彼らにとって想定外だったのは、従順だろうと連れてきたクラディアが、思った以上に神殿や神官に対し、反抗的だったこと。

そして必要以上にクルトがクラウディアに執着したことだろう。

(――子供ができる前に、絶対にここから逃げなければ)

もしクラウディアがクルトの子を孕んだら、おそらくは産んだ瞬間にその子は神官たちに取り上げられ、クルトの代わりに『神の子』にされてしまうことだろう。

(そして彼らは、知識を得て御し難くなったクルト様を捨てるつもりなんだわ)

そんなことは、絶対に許せないと、クラウディアは思った。

彼らの思い通りになってやるつもりなど、微塵もない。

これ以上、その神とやらに、家族を奪われてたまるか。

(……でも、クルト様が神の子として選ばれた理由が容姿だけというのも、なんだか理由としては弱い気がするのよね……)

それならばあえて特例を作ってまで、女性を大神殿に入れて繁殖させるほどのことでもないだろう。

美しい容姿の子供を、新たに引き取ってくれればいい話だ。

さらにはクルトとクラウディアの間に子が生まれたとして、その子が父親（クルト）並みの容姿を持って生まれてくるという保証もない。

胸の中に、どうしてももやもやとした疑問が残る。

（やっぱり何かが引っかかるわ……）

だがそれはともかくとして、ここから逃げ出すまで、クラウディアは妊娠するわけにはいかない。だから初めての夜から月のものが来て以後は、肌を触れ合わせることはしても、体をつなげることは避けている。

そのことにクルトは不服そうだが、仕方がない。

（クルト様のお考えも、よくわからないのよね）

なぜ彼はこの状況下で、いつも通りそんなに平然としているのだろうか。

むしろ若干楽しんでいる様子すらある。クラウディアには全く理解ができない。

自分がただの人間であることを肯定したというのに、相変わらずクルトには怖いものなど何もないようだ。

クラウディアにとって、今でも彼は、不可解な存在である。

「……クラウディア。クラウディア様は、お幸せですか？」

クラウディアが思考を巡らせていると、診察を終えたリベリオが、真顔でそんなことを聞いてきた。

突然なぜそんなことを聞いてくるのだろうと、クラウディアは小さく首を傾げる。

「す、すみません！　変なことをお聞きして。気にしないでください！」

するとはっと我に返ったようにリベリオが頬を染めて、手のひらをぶんぶんと振った。

「…………」

残念ながら幸せだったことなど、家族を失ってから一度もない。

だからクラウディアはうっすらと曖昧（あいまい）な笑みを浮かべて、ただ無言を貫いた。

「ただ、クラウディア様がお幸せであればいいと、そう思ったのです」

リベリオには、クラウディアによく似た姉がいるのだと聞いた。

遠くへ嫁いだというその姉に、とても懐いていたのだと彼は言っていた。

おそらくは、姉とクラウディアを重ねてしまったのだろう。

クラウディアがついリベリオに、亡くした弟を重ねてしまうように。

「……リベリオ。あなたが幸せであればいいと、私も思うわ」

相変わらず彼は高位の神官に、いいように使われている。暴力を振るわれることも少なくないようだ。

けれど、彼には逃げる場所もなく、帰る場所もない。

もしかしたら、この中庭が、唯一気が休まる場所かもしれない。

彼のためにクラウディアがしてやれることは、ほとんどない。そのことが悔しい。

「……ありがとうございます」

リベリオは泣きそうな顔で、クラウディアに頭を下げた。

そういえば他人の幸せを願うなんて随分と久しぶりだと、クラウディアは思った。

全てを失って空っぽになったはずの手のひらに、また少しずつ何かが載せられていく感覚がある。

そのことに深い罪悪感を覚えながらも、放り投げることができない。

結局人は、時間と共に変化せざるを得ないのだ。

それからしばらくして、クラウディアの元に、いくつかの荷物が届けられた。

どうやらそろそろ季節の変わり目だからと、新たな衣装が用意されたようだ。

この中庭は常に暖かく、わざわざ季節ごとに衣装を変える必要はないのだが。

教皇や大神官の愛人たちの衣装を発注する際に、ついでにクラウディアの分も注文したのかもしれない。

クルトにこれ以上の罪を犯させる必要がなくなったため、最近では神官たちに何かを要求することもほとんどなくなった。

食事さえまともなものにありつければ、それでいいと思っている。

かつてはドレスや宝石など様々なものを献上させたが、結局そのほとんどを身につけることはなかった。

今ではクルトに求められたとき以外は、相変わらず修道服で過ごしている。

体を締めつけない生活に慣れてしまうと、コルセットは苦痛なのだ。

いずれここを脱出できたときに、何点か持ち出して、お金に換えてしまおうと強かに考えている。

「新しいドレスが届いたのか？」

クラウディアが積み上げられたドレスの中から一着を適当に選び広げれば、嬉しそうな顔でクルトが寄ってきた。

(本当に、出会った頃と同一人物とは思えないわね)

気がつけば、クルトと共に暮らすようになって、一年以上が経っていた。

クルトは随分と健康そうな見た目になり、表情も増えた。

クラウディアと体の関係を持ってからは自信がついたのか、それほどリベリオを敵視して邪険に扱うこともなくなっていた。

それでもクラウディアとリベリオの距離が近いと、わざわざ引き離しにくるのだが。

残念ながら、相変わらずここを脱出する目処は立っていない。

焦りはあるが、無茶をして失敗するよりは、万全を期したほうがいいだろうと考え、堪えているところだ。

ちなみに外部とも一切切り離されているため、この一年で世界の情勢がどうなっているのかも、クラウディアにはわからない。

クラウディアの情報源は、唯一、リベリオだけだ。

「ねえ、リベリオ。帝国は今どうなっているのかしら？」

布の塊を抱えて明らかに前が見えていないであろうリベリオに、クラウディアは話しかける。

外に遣いに行かされることも多いためか、リベリオは情報通だ。

突然話しかけられたためびっくりしたのか、布の塊がぴょこんと跳ねる。

その様子が可愛らしくて、クラウディアは思わず微笑む。

そしてリベリオは、持っていた荷物をテーブルに置いたのち、深刻そうな顔をした。

「……ここエラルト神国の周辺国のうち、すでに半数が帝国のものとなりました」

「…………」

思った以上に深刻な状況となっているらしい。

大陸中が、帝国への怨嗟に満ちているという。

「どうやら私の母国も、かなり切羽詰まった状況のようです。両親からは絶対に戻ってくるなと念押しされました。いかにヴィオーラ帝国といえど、さすがにエラルト神国には手を出さないであろうと……」

「そう……。それは酷い話ね」

やはり神はいないのだ、とクラウディアは思った。

あれほど悪逆非道なヴィオーラ帝国は、罰を受けることなく健在のままなのだから。

「たくさんの人が苦しんでいることでしょう」

もしかしたら、ここでのうのうと何不自由なく暮らしている自分は、実はかなり幸運なのかもしれない。

最初はヴィオーラ帝国の皇帝を破門する、などと強気な態度を取っていた教皇も、今や帝国の勢いを恐れ、大人しくしているようだ。

（もう、誰にも止められないのね……）

自分にはどうすることもできない。それでも胸苦しさを感じる。

「……お前。クラウディアとの距離が近い」

神の子と名乗っておきながら、やはり非常に心の狭いクルトが、クラウディアを背中から抱き上げてリベリオから引き離す。

「あ、申し訳ございません！」

衣装を運び終えたリベリオは、一つ頭を下げると、慌てて中庭から出ていった。

相変わらず子供相手に大人気ないと、クラウディアは肩をすくめる。

それからテーブルの上に置かれた数着のドレスを見て、クルトは目を輝かせる。

一着一着手にとって、どれが一番クラウディアに似合うかと、検分している。

クルトはとにかく、クラウディアを着飾らせるのが好きなのだ。

かつて計算高く着替えるたびに、ご褒美のように自分の姿を彼に見せつけていたら、逆にそれがないと寂しく思うようになってしまったらしい。

「うん、これがいいな」

クルトが選んだのは、春らしい若草色の生地に、銀糸で刺繍が施してある、素朴なものだった。

裾や袖の膨らみも抑えてあり、大人っぽい意匠（デザイン）だ。

これならば、神殿の外でも着ることができそうだ。

「ねえ、クラウディア。着てみて」

クルトがそう言って押しつけてくるので、仕方がないなあとクラウディアは笑ってそのドレスを受け取る。

部屋に戻り、修道服を脱いでシュミーズ姿になる。

それからいつものようにクルトに着替えを手伝ってもらう。

コルセットの紐を締めるたびに、クルトがクラウディアの背中に口づけをするのがこそばゆい。

「くすぐったいわ」

くすくす笑いながら窘（たしな）めれば、クルトも幸せそうに笑う。

恋人のような関係になってから、クラウディアはクルトに対し、敬語を使うのをやめた。距離を感じるから嫌だという、クルトからの要望である。

おそらくは、クラウディアがリベリオと衒いなく話している様子が、羨ましくなってしまったのだろう。

慣れるまでには照れもあり、しばらくは時間がかかったが、今では普通に話せるようになった。

コルセットを装着し終えて、ドレスを羽織り、金具を一つ一つ止めていたところで。

「痛っ！」

ちくり、とクラウディアの腰の辺りに、何かが刺さった感覚があった。

「どうしたの？　クラウディア」

「ドレスに針が残っていたみたい。ちょっと今確認して――――」

心配するクルトに、そう答えた瞬間。クラウディアを猛烈な眩暈が襲った。

視界がぐるぐると回り、とてもではないが立っていられなくなり。

そのまま床に頽れそうになったところを、慌ててクルトが支えてくれる。

体中が痺れて、動かない。呼吸がうまくできない。

「クラウディア！　クラウディア……！」

クルトが必死に名を呼んでいる。だが、その声すらどんどん遠のいていってしまう。

「くると、さま……」

おそらくは先ほどのドレスに針が仕込まれていて、そこに毒物が塗られていたのだろう。

そしてその針が、クラウディアの腰に刺さったのだ。

クルトと肉体関係を持つようになって半年が経っても、未だ懐妊の兆しが見えないクラウディアに、神官たちが業を煮やしたのかもしれない。

とにかくなんらかの理由で、クラウディアは処分されることになったのだ。

（……私……死ぬの……？）

まさかこんな形で毒殺されることになるとは、思わなかった。

毒物というと経口の心象（イメージ）が強く、食べ物には気をつけていたのだが。

まさかドレスに毒針を仕込まれているとは、思わなかった。

結局クラウディアは、世間知らずのお姫様だったということなのだろう。

ドレスを持ってきたリベリオは、このことを知っていたのだろうか。

罪を着せるためだけに、彼がドレスを運ばされていたとしたら、嫌だなあと思う。

まあ、これで家族の元へ行けると思えばいいだろうか。

そう思ったが、自分はもう彼らのいる天国には行けないことを思い出した。

本当にどこまでも報われない自分が、嗤（わら）えてくる。

「クラウディア……！　クラウディア……！」

クルトの声が、どんどん遠くなっていく。泣きそうな、声。

――ああ、置いて逝きたくないわ。

今にも途絶えそうな意識の中で、クラウディアは、そんなことを思った。

やがて全く動かなくなってしまったクラウディアの体を、ガタガタと大きく体を震えさせながらクルトは抱きしめていた。

羽のように軽い彼女の体が、弛緩しきっていて酷く重く感じる。

「クラウディア、クラウディア、クラウディア……」

彼女の名を、必死に呼ぶ。

いつもなら笑って返事をしてくれるのに、彼女はなんの反応もしてくれない。

彼女の心も、なんの反応も示さない。いくら呼んでみても真っ白だ。

なぜならば、死んでしまったから。

死んだ人間がこうなることを、クルトは知っていた。

ではなぜ彼女は死んでしまったのか。それは、殺されたから。

――一体誰に？

「クルト様！　一体何があったのですか!?」

白々しくクルトとクラウディアに近寄ってくる、監視の神官たち。

最近ではリベリオに任せきりで、滅多に近づいてくることもなかったのに。今更。

いたわしげな顔を作っているが、彼らが思っていることは、逆だった。

『どうやらあの毒は、よく効いたようだな』

『ようやくこれで目障りなあの女が片付いたぞ。ざまあみろ』

『だがこれでようやくクルト様も、前のように従順になるだろう』

『いい体をしていたからもったいなかったが。一度くらい手をつけておけばよかったな』

そう、彼らは知らないのだ。クルトが人の心を読めることを。

だからこそ彼らは、自ら罪の告白をしているということに、気づかない。

ああ、そういうことか。クルトは思う。

――本当に、なんてくだらない。

クルトはクラウディアの体を抱き上げて、色とりどりの花の咲き乱れる場所へ運び、そっと横たえる。

「クラウディア。ここで少し待っていて」

綺麗な彼女が巻き込まれてしまったら、嫌だから。

彼女には、綺麗なままでいてほしいから。

花の中で眠るクラウディアは、まるで妖精か女神のようだ。

クルトはそんな彼女に、愛おしげに微笑みかける。

それからクルトは、神官たちに向き直る。

これまでにない異様な雰囲気に、神官たちが凍りついた。

クルトの中で渦巻くのは、怒りだ。

自分でもどうしようもできないほどの、『憤怒』。

かつてクラウディアが教えてくれた。家族を喪くしたときの絶望を。

なるほど。確かにこれは苦しくて辛くて悲しい。世界を滅ぼしたくもなるだろう。

「……クラウディア。君の願いを叶えるよ」

本当は、ずっと彼女の願いを知っていた。

けれどあえてそれを叶えなかったのは、彼女には死んでほしくないという、クルトの我儘だ。

空っぽだったクルトに喜びを、楽しみを、快楽を、全て教え与えてくれた、唯一。

でもそんなクラウディアは、いなくなってしまった。

もう二度と会えない――――だから。

「……だったらこんな世界、なくなってしまえばいい」

「――教皇猊下！」

正午の祈りを終えた教皇に、高位神官の一人が喜び勇んで話しかけた。

かつてクルトの世話係をしていた、中年の高位神官だ。

「ようやくクルト様にたかっていた虫を処分することに成功いたしました。これであの方も落ち着くことでしょう」

五年前、息子に爵位を譲り聖職についたその男は、クルトを帝国への牽制のために、神殿が作り上げた『神の子』という象徴だと考えていた。

何年かに亘りクルトのそばに仕えたが、彼が実際に奇跡を起こす様子など、一度も見たことがなかったからだ。

そんなクルトに仕えるのは、実に楽な仕事だった。

彼は神に祈るだけの日々を送っており、大人しく従順で、手もかからなかったからだ。

だがこの美しい容姿を後世に残さんと、女を与えた瞬間に、まるで言うことを聞かなくなった。

これまで通り、人形らしく大人しくしていればいいものを。

（……確かに美しい女だったが）

男の劣情を煽るようなクラウディアの容姿を思い出し、もったいないことをしたと思い、慌ててその考えを打ち消す。

なるほど、神の言う通り、女というのは男を堕落させる生き物らしい。

クラウディアを得てからの、クルトの傲慢な態度を思い出し、神官は苛立つ。

あのような屈辱を味わわせられたのは、生まれて初めてだった。

神殿の奥深くで大切に純粋培養してきた『神の子』。

人間とは思えぬほどに、無機質な雰囲気の青年。

あらゆる欲を感じさせない彼は、確かに神に近い存在だった。

あそこまで透明な存在にするまでに、どれほどの月日がかかったと思うのか。

だがそれを、あの女は浅慮(せんりょ)にも、汚せるだけ汚したのだ。

おかげで神の子は、すっかり人間らしくなってしまった。

やはり女とは、穢らわしい存在である。

あげくにせっかく子を作らせようと、神の子と番わせてやったというのに、ちっとも孕む様子もない。

女を診察させていたリベリオは『子はそんなに都合よく簡単にできるものではない』などと必死に庇(かば)っていたが。

半年経っても孕まないのだから、もう用済みだろう。

少し時間を置いて神の子が落ち着いたところで、もっと従順な女を新しく充てがってやければいいだけの話だ。

あの生意気な女が消えたのだから、『神の子』も、もうあんな傲慢な態度を取ってこないだろう。

所詮クルトは、神殿が作り上げた紛い物の『神の子』なのだから。

「がっ……！」

だが得意げにそんなことを宣った高位神官を、教皇の笏が容赦なく打ち据えた。

「貴様！　なぜそんな勝手なことを……！」

教皇は色をなくし、叫ぶ。その顔にあるのは、純然たる恐怖だ。

「愚か者め！　あの方は真実、神が遣わした人間の王。神の子であるぞ！　下手をすれば世界が滅ぶ……！」

「……は？」

打たれた頬を押さえながら、高位神官が間抜けな声を漏らした、そのとき。

ドンッという地響きと共に、大地が激しく揺れた。

第七章　あなたが世界を壊すまで

物心ついたときから、クルトは『神の子』と呼ばれていた。
なんでも当時教皇を含めた大神殿にいる何人かの高位神官が、時を同じくして、同じ内容のお告げを受けたのだという。

夢の中にエラルト神が現れ、地上に人間の王が生まれるとおっしゃった。
そしてエラルト神は、中庭にある泉を指差された。
そこに空から星の光が落ちて。

目を覚ました神官たちが、慌てて中庭へ向かってみたところ、その泉の前には、この世のものとは思えぬほど美しい赤ん坊が、すやすやと眠っていたのだ。

高位の神官以外、誰も入り込めないはずの、そこに。

神が初めて作りし人間という意味でその赤ん坊は『クルト』と名づけられた。

そして神殿の奥深くで、『神の子』として、ありとあらゆる罪から切り離され育つこととなった。

聖典に描かれた初めての人間と同じように、花の咲き乱れる擬似楽園の中、生まれたままの姿で、死なない程度の最低限の食事と、神殿に都合のいい教育だけを与えられる日々。

クルトにとって、生きることは、ひたすらに退屈でつまらないことだった。

『ああ、面倒臭い。一日中こんな子供を監視していなきゃいけないなんて、馬鹿馬鹿しい』

クルトが監視役の神官にじっと目を凝らせば、彼のそんな心の声が聞こえてきた。

(……やっぱりつまらないな)

新顔の神官だったため、一体何を考えているのだろうと、その心を読んでみたのだが、大して面白い内容でもなかった。

神は、人間の心の中まで全てを見通して、その罪を問うのだという。

その神の子たるクルトは、意識すれば同じように人の思考を読み取ることができる。

だが他人の心を覗くことは、心身共に酷く疲労するのだ。

おそらくそれは、他人の心を暴くことに対する、対価なのだろう。

だからクルトはその力をあまり多用はしない。

そもそも心を読んでやりたいと思うような、興味の湧く人間も、いない。

時折暇つぶしに覗き込んでやるくらいのものだ。

高潔な雰囲気を漂わせている教皇も、高位神官も、試しにその心を読んでみれば俗な人間でしかなかった。

教皇の頭の中は、孫娘のような年齢の幼い愛人のことばかりであったし、高位神官も酒やら賭博やらと、見苦しいものばかりだ。

神に仕えているはずの彼らの爛れた心を、クルトは冷めた目で見ていた。

そんな彼が人間に期待をしなくなるのも、無理のないことだった。

代わり映えしない、つまらない毎日の繰り返し。

楽しいことも、嬉しいことも、喜びも、何一つない。

一体なんのために生きているのかも、よくわからない。

ただ無為に時間が流れていくのを、待つだけの日々。

だがそんなある日、中庭の小さな通気口から、一羽の小さな鳥がクルトの箱庭に入り込んできた。

本来なら南へ渡らねばならない渡り鳥でありながら、うっかり群れからはぐれ、クルトの住むこの暖かな大神殿の中庭へと逃れてきたらしい。

寒空の下、凍えているところを、通気口から流れる暖かい空気に、誘われてしまったのだろう。

最初は警戒しクルトに近づくこともなかったのだが、腹を減らしたその鳥に、食事に入っている豆を少々分け与えてやったところ、最終的にはクルトの手から餌を食べるまでに懐いてしまった。

どこまでも間抜けな鳥である。だが可愛い鳥である。

その鳥は、クルトにとって、代わり映えしない日々の、唯一の刺激だった。

何を考えているのかわからないところもいいし、中庭を呑気に飛んでいるその姿もいい。

クルトはそのとき初めて、つまらない以外の気持ちを知った。

「お前はいつも楽しそうだね」

その鳥の綺麗な声は、どれだけ聴いても飽きない。

毎日流れてくる聖歌よりも、ずっと耳に心地よい。

「いいなあ、私も飛んでみたい」

返事がないとわかっていて、クルトはその鳥に話しかける。

きっとこのままずっとこの鳥と過ごしていくのだと、クルトは思っていた。

「クルト様……クルト様……」

だがある日、いつものように中庭で鳥に餌をやりながら過ごしていたクルトに、一人の神官が近づいてきた。監視役として何度か中庭にきたことのある、神官の一人だ。かろうじて記憶に残っている。

「クルト様ぁ……。クルト様ぁぁぁ。ああ、罪深き私をお許しください……！」

だがその神官は、随分と様子がおかしかった。

滂沱の涙を流すその目は明らかに焦点が合っておらず、あまりにも無遠慮に近づいてくるため、妙な圧迫感がある。

その存在の不快さに、一体なんなのだろうとクルトは彼の心を読んでみた。

「――――っ！」

するとその神官によって、自分がありとあらゆる陵辱を受ける様子が、頭の中に一気に流れ込んできてしまった。

大抵のことには動じないクルトも、盗み見た己のあまりの惨状に耐えられず、その場に這いつくばって先ほど食べたばかりの胃の中のものを全て吐いてしまった。

「クルト様ぁぁぁ」

その間にも、神官はどんどん距離を詰めてくる。

初めての不測の事態に、恐怖で体が震え、クルトは動けなくなってしまった。

そんな中、クルトの愚かで可愛い鳥が、彼の足元に舞い降りた。

そして餌をもらったと勘違いしたのか。クルトの吐瀉物を、その小さな嘴で突っつき始めたのだ。

「この畜生ごときが……!!　よくも……!」

するとその様を見た神官は逆上し、その小さな鳥を、クルトの目の前でぐしゃりと容赦なく踏み潰してしまった。

クルトという存在に魅入られ、精神を病むほどに盲信し、あげくにクルトの何もかも全てを我が物にしようと独占欲を拗らせたその神官は、吐瀉物すら奪われることを許容できなかったのだ。

細く情けない鳴き声を上げ、クルトの可愛い小鳥は絶命した。

無惨に殺された小鳥の、変わり果てた姿に、クルトの体が震えた。

美しかった羽は血に塗れ、薄っぺらくなってしまった体の所々から骨が突き出し、目玉と内臓が飛び出している。

わずかにヒクヒクと痙攣しているものの、もうここに魂がないことは明確だった。

呑気に空を飛ぶ姿も、可愛らしい鳴き声も、失われてしまった。

もう二度と見ることも、聞くこともできない。

無為に日々を生きるクルトの、唯一の楽しみが。

クルトの腹の底から、沸々と何かが込み上げてきた。

それは、彼が生まれて初めて知る感情だった。

気がつけば、先ほどの神官が、天井から降ってきた分厚いガラス板に潰されて、絶命していた。

クルトの鳥と同じように。血まみれになって、内臓をぶちまけながら。

もう男の汚らしい妄想が、クルトの頭の中に流れてくることはなかった。

どうやら死んだ相手の心の声は、読み取れなくなるのだと知る。

だがその無惨な遺体を見ても、腹の底が煮えくりかえるような何かが全く収まらない。

だって鳥が死んだ。死んでしまったのだ。クルトの大切な鳥が。

——そして、クルトの怒りに応えるように、地面が震えた。

その後、正気に戻ってから知ったことだが、クルトの怒りに呼応するように、近くの火山が噴火したらしい。

そしてその火山があるのは、クルトの大切な鳥を殺した神官の母国であったことも。

神殿の至る所から、命の危機を感じた者たちの悲鳴が上がる。

だがそんな悲痛な声も、クルトの激情を止めることはできない。

彼を支配するのは、初めて知った、悲しみと怒りだ。

潰れてバラバラになってしまった小鳥を拾い、血まみれの羽を撫でる。

気がすむまでその小さな体を撫で続けた後、クルトはその鳥のかけらを一つ残さず自らの内側に飲み込んでしまった。

誰も荒ぶるクルトに近づけないまま、時間は流れ。

幼い彼が力尽き、眠りに落ちたところで、火山もまた鎮まった。

神殿の上層部は、事の次第を知り、震え上がった。

『神の子』がどれほど恐ろしい存在であるのか、思い知ったのだ。

後に教皇が、その噴火でどれだけの人間が死んだのか、火山灰の被害でどれだけの人間が飢えに苦しむことになったのかを、クルトに切々と語った。

だからくれぐれも感情を制御しろと、教皇はクルトに言い聞かせた。

どうやら自分はこの怒りによって、多くの人間を殺してしまったらしい。

だが悲痛な顔をして語る教皇の心を読んでみれば、今夜会う予定の若い愛人のことばかりであった。

よってその説教がクルトに響くことは、なかった。

人間とは、こんなにも醜いものなのか。

(何もかも、どうでもいい)

そもそも会ったこともない、存在すらも知らない多くの人間の命よりも、クルトにとっては、目の前の小さな鳥の命のほうが、ずっと重く、ずっと大事だった。

だからどれほど被害の状況を聞こうが、結局クルトの心が痛むことは、なかった。

これらの一連の事件については神殿内で緘口令(かんこうれい)が敷かれ、さらにクルトの周囲の監視は強まった。

だがどれほど厳重に情報を管理しても、他人の口に戸は立てられないものだ。

密かに囲っているはずの、教皇や大神官の愛人の噂が民に流れてしまうのと同じように。

火山の噴火は大神殿が隠している神の子の怒りによるもの、という噂もまた、まことしやかに流れてしまったようだ。

クラウディアがマルティーナという名の修道女に聞いたという噂も、おそらくこのときのものだろう。

だがそのおかげでクラウディアはクルトに興味を持ってくれたそうなので、今ではその噂に感謝すらしている。

これまで神官たちは、神が作りたもうた初めての人間と同じように、自然のままであるべきとして、クルトに服を着せてこなかった。

だがこの事件以後、クルトの裸は人を惑わすとして、部屋の外にいるときは、貫頭衣を着せられるようになった。

十年以上ずっと一糸纏わぬ姿で生きてきたというのに、何を今更と思ったが、あの襲われたときの恐怖を忘れられず、クルトは素直に貫頭衣を身につけるようになった。

だが全裸で過ごした時期が長すぎて、今でもすぐに服を脱ぎたくなるのは、困った事態である。

またありとあらゆるものに、クルトが一切執着を持たぬよう、そして神官がクルトの存在に惑わされぬよう、監視役や世話係は常に複数人とし、頻繁に入れ替えられることになった。

それでなくともつまらないクルトの日々は、さらにつまらなくなってしまった。

なんの刺激もない、ただ流れていくだけの日々。

そんな中で、生きている意味など、見出せるわけがない。

そしてクルトが成人と呼ばれる年頃になった頃。くだらない計画が持ち上がった。

神の子を、つまりはクルトを繁殖させようという試みだ。

この大陸で、ヴィオーラ帝国という名の新興国が台頭してきているらしい。

彼の国は圧倒的武力で近隣の国々を次々に滅ぼし、瞬く間に国土を広げ、多くの人々を賤民に落として、悪逆非道の限りを尽くしているという。

どれほどエラルト神国が遺憾の意を表そうが、教皇が破門をちらつかせようが、ヴィオーラ帝国は全く意に介さない。

千年近い歴史において、エラルト教の聖地でもあるエラルト神国は、これまで一度も戦争に巻き込まれたことはない。

だがヴィオーラ帝国の皇帝は、一応はエラルト教徒だと表明しているものの、実のところは無神論者であるらしい。

神をも畏れぬ数多の所業に、エラルト神国ですら侵略の対象になるのではないかと、神殿の上層部は懸念を強めていた。

なんせ、エラルト神国は、自国の軍を保有していない。

これまで神の国を蹂躙しようとするような罰当たりな国は、存在しなかったからだ。

だがこのままでは、何が起こるかわからない。

そこで、教団上層部の間に、神の子の繁殖計画が持ち上がったようだ。

生まれてくる子供に、少しでもクルトの神力が遺伝すれば、この国を守る兵器として使用することが可能だと。そう、帝国に怯える高位神官たちは考えたらしい。

彼らの心を読み、その事実を知ったクルトは、あまりのくだらなさに呆れた。

あまりにも人権とクルトの意志を無視した話だ。

だがそのおかげでクラウディアと出会えたのだから、やはりこれもまた感謝すべきなのだろう。

「クルト様に、新しい世話係をつけようと思いましてね」

そうしていやらしい笑みを浮かべた神官共が連れてきたのが、クラウディアだった。

大きな空色の目に、真っ白な肌。華奢な体。そして、修道服を大きく盛り上げている胸。

まるで神殿の絵画によく描かれている、天使のようだと思う。

生まれて初めて生身の女性を見たクルトは、そのふっくらとした豊かな膨らみに、目を奪われてしまった。

特に興味はないが、高位神官たちが時折反駕する愛人たちとのあれこれを、暇なときに覗き見していたので、人間の生殖の仕組みについては、わかったつもりでいたのだが。

彼女はそれらとは、全く別のものに思えた。

なんと、魅惑的な膨らみだろうか。

その誘惑に抗えず、思わずフラフラと近づき手を伸ばし。

クルトは彼女の胸を、許可を得ずに鷲摑みにしてしまったのだ。

あげくそのあまりの柔らかさ、弾力に魅了され、さらに何回も揉んでしまった。

すると怒った彼女から、頬に見事な平手打ちを食らった。

乾いた音とともに左頬に熱を感じ、やがてじわじわと痛みがやってきて、クルトは呆然とした。

『痛み』というものを、久しぶりに味わったからだ。

(今なら、なぜクラウディアに怒られたのかが、よくわかるのに)

どう考えても、怒られるのが当然の行為だ。

クルトにしては珍しく、今でも深く反省している。

当時のクラウディアには、申し訳ない気持ちでいっぱいだ。

自分の体を触る感覚で、他人の、しかも女性の胸を触ってはいけなかったのである。

クラウディア曰く、残念ながら自分には世間一般的な常識とやらが、大いに欠けているらしい。

何度もクラウディアに窘められて、クルトはそれらを少しずつ学ぶことになった。

あのときのクラウディアは、平手打ちを食らったクルトよりも、ずっと痛そうな顔をしていた。

本来の彼女は、他人の痛みを慮ることができる、真っ当な人間なのだろう。

そして小さな彼女の手が、労わるようにそっとクルトの頬に触れたとき。

――なぜか、体が喜びで震えた。

他人に触れられるのは、好きではない。

むしろ鳥肌が立つほどに、嫌いだったはずなのに。

クラウディアに触れられるのは、ただ心地よかった。

もっと触れてほしいとすら、思ってしまった。

今思えば、そのときにはもう、クルトはクラウディアに恋をしていたのかもしれない。

初めての経験に、クルトの心は高揚した。

その話を聞いたクラウディア曰く、とてもではないが、そんなふうには全く見えなかったそうだが。

当時はまだ表情の作り方が、よくわからなかったのだから仕方がない。

（――面白そうだ）

この娘がそばにいたら、きっと毎日が楽しくなるだろうという、予感があった。

だからこそどうしても世話係になりたいのだと言って、クルトに縋るクラウディアの希望を、叶えることにしたのだ。

生まれて初めて神官たちに逆らって、クルトはクラウディアを自らのそばに置くと言い張った。

神官たちは初めてはっきりと意思を示したクルトに驚いていたようだが、彼がこれまで神官たちに言われるがまま逆らわなかったのは、ただ単に、何もかもがどうでもよかったからという理由にすぎない。

『神の子』などと呼ばれ、尊ばれているが、祈り以外に己に課された役目などなく、ただ生きているだけの日々。

中庭の外のことは、何も知らないまま、飼い殺しにされているだけの存在。

だからこそ余計に、クラウディアの生気に満ちた目が、眩しく見えたのだろう。

表情は優しく微笑んでいるのに、彼女の目はいつも、ぎらぎらと力強く輝いているのだ。

人の心を覗き見ることに、特に罪悪感も持っていなかったクルトは、一体彼女は何を考えているのだろうと気になり、彼女の心を覗き見てみた。

「…………！」

見えた彼女の心は、これまでクルトが見てきた心の中でも最もおどろおどろしく、痛々しいものだった。

彼女の心はいつも、乾いて固まった血のような、赤黒い絶望の色に染められている。にこにこと屈託なく微笑んでいるのに、心は常に復讐心に満ちていた。

その落差に、クルトは驚く。こんなにも裏表が激しい人間を初めて見た。

『――神の子を使って、世界を滅ぼしてやる』

クラウディアは、家族を奪ったこの世界の全てを憎んでいた。

そして、世界の全てを滅ぼそうとしていた。しかも、クルトを使って。

クルトは家族を知らない。

だからクラウディアの家族を無惨に奪われたその絶望を、わかってやることもできない。

けれど心が沸き立つという感情を、クルトは初めて知った。

彼女の深い絶望と激しい復讐心に、心地よささえ感じるのだ。

クラウディアが面白くて面白くて、たまらない。

クルトは生が退屈すぎるあまり、自らを焼き尽くさんとするクラウディアのそばに、あえて近づいた。

危機感など、特に感じなかった。なんせ退屈は、人の心を壊すのだ。

途方もない憎悪を抱えながら、その一方で彼女は、どこまでも無私だった。

自分のことなど、全く何も考えていない。死ぬことすらも恐れていない。

ただ、家族を殺したこの世界への、復讐心だけで生きている。

クラウディアを世話係にしたのは、我ながら英断であったとクルトは思う。

そこから始まるクラウディアとの日々は、毎日が刺激的で、楽しかった。

一日一日が、これまでの一年に匹敵するほどの、密度の濃さだ。

とにかくクラウディアは、怠惰なクルトと違い、精力的だった。

日々クルトを堕落させようと、頑張っている。

だがその行動の全てが、不思議とクルトを楽しませ、喜ばせ、生活の質が向上することばかり。

美味しい食事に、美しいクラウディアとの楽しい会話。ゆったりと過ごす時間。

そのくせこんなにも幸せに過ごしているクルトに罪を重ねさせてしまったと、罪悪感に苛まれてみたり。

世界を滅ぼそうとしながら、失った家族のことを思い出しては、優しい気持ちになったりもする。

おそらくクラウディアは、馬鹿みたいに純粋で一途なのだ。

ただ生きているだけの、怠惰なクルトよりも、ずっと。

だからこそ信じていた世界や神からの裏切りに、耐えられなかったのだろう。

これまでずっと一人で過ごし、誰かと積極的に関わろうとする気概も全くなかったクルトは、壊滅的に人との会話自体に慣れていなかった。

だから、クラウディアに対してもうまくしゃべれない。

彼女に伝えたいことが、山ほどあるのに。それらをうまく伝えることができなかった。

けれど彼女は、支離滅裂なクルトの話に耳を傾けてくれた。

彼女と過ごした一ヵ月で、クルトはおそらくこれまでの一生に匹敵するだけの会話をしただろう。

やはり全ては慣れなのだろう。気がつけばクルトは、伝えたいことを、きちんと伝えられるようになっていた。

クラウディアがクルトを利用するために、優しくしてくれているのを知っている。

だが、それでも彼女がクルトに与えてくれたものに、変わりはない。

自分などいくらでも利用すればいいのだ。それ以上のものを、クルトは彼女からもらっている。

そして目の前で失ってしまった大切な鳥の反省から、クルトはクラウディアを一切自分のそばから離さなかった。

目を離したら、その隙に奪われてしまいそうだったからだ。

クラウディアを失えば、クルトの日々は、また一気に酷くつまらないものとなってしまうだろう。

それだけは、どうしても嫌だった。

一度満たされた生活を知ってしまえば、知らない頃に戻ることなどできないのだ。

案の定、神官共はクルトを誑かすクラウディアを、目障りに思い始めたらしい。

特に彼らが己の罪深さを棚に上げて、クラウディアを見下し蔑むことに、苛立った。

クルトはあえて自ら彼女に誑かされているのだ。

彼女が来てからというもの、好き放題やっている自覚は、クルトにもある。

だがそれに対し、罪悪感を覚えることは、なかった。

なんせ彼らは、神の子であるという名目でクルトにさんざん清貧を求めておきながら、自らは淫蕩に耽り、贅沢の限りを尽くしているのである。

クルトの行動に対し、彼らは本来なんら文句を言えない立場であろう。

本人たちは知られていないと思っているようだが、クルトはその全てを知っていた。

よって彼らの罪は全て、天におわす父たる神とやらも、知っておられることだろう。

だからクルトはこの能力を使って、彼らの弱みをあえて晒し、それを利用して好きにすることにした。

——ああ、毎日が楽しくてたまらない。

一緒に食事をし、美味しいと笑い合うこと。美しいドレスを身に纏ったクラウディアを見て目を細めること。
二人でくだらない会話をしながら寝台に寝っ転がって過ごすこと。
目を覚ませば、いつも隣に天使のような顔でクラウディアが眠っている。
朝が来ることを、楽しみに思う気持ちを初めて知った。
明日が来ることが、待ち遠しいなんて初めて知った。
クルトは生まれて初めて、未来を夢見ることを知った。
そんな、愛おしくてたまらない日々。
クルトは恋に落ちた。いや、恋に落ちたと自覚した。
クラウディアが語った恋愛の概念、そして彼女に読ませられた恋愛小説。
そこに描かれていた恋の心情は、クルトが彼女に向けるものと完全に一致していた。
会いたい。話したい。――そして、触れたい。
彼女を思うと心臓がぎゅっと締めつけられる。彼女を見つめると体が熱を持つ。
クラウディアが好きで好きでたまらない。

これは生まれて初めての、そして間違いなく人生で最後の恋だ。

クルトが自分に執着するのは、自分以外に女性を知らないからだ、とクラウディアは思っているようだが、神官たちが各々の心に抱えた女性は、何度も何種類も見知っている。

だが、クラウディア以外を美しいと感じたことはない。

この神殿の外へ出ても、その感情が絶対に変わることはないという自信がある。

初めてクラウディアに触れたとき、クルトは天にも昇りそうな気持ちだった。

これを罪と定義している神は、明らかにおかしいとクルトは断言できる。

柔らかなクラウディアの肌、匂い、そして声。

神官たちの妄想で、人間の生殖行為がどういったものかの知識はあった。

かつては汚らしいと思い、眉を顰めたその行為。

だがそれがクラウディアであれば、こんなにも祝福に満ち溢れた行為になるのだ。

クラウディアはその魅惑的な体にふさわしく、酷く感じやすかった。

クルトの指先で乱れ、蜜をこぼす姿は、たまらなかった。

クルトの名を呼ぶ、高く掠れた声が、たまらなかった。

それでもこの行為を罪と呼ぶのなら、いくらでも罪に塗れてやろう。そう思った。

クラウディアの望みは知っている。

――――己から大切なもの全てを奪った、この世界の、滅び。

彼女の世界は、いつだって絶望でできている。

クラウディアにとって、クルトは世界を滅ぼすための手段でしかない。

クルトの想いはどこまでも一方的だ。

叶えようと思えば叶えられるだろう。彼女の望みの何もかもを。

けれど、それをしないのはクルトの我儘だ。

だって、世界が滅びれば、クラウディアもまた消えてしまうだろう。

彼女の存在が失われるのは、どうしても嫌だ。

だからもう、このままでいい。クルトは、停滞を選ぶ。

何をしてもなんの変化がないことに、クラウディアは焦っているけれど。

この閉鎖された小さな箱庭で、世界を憎む彼女と共に、死ぬまでいられるのならそれでいい。他には何も望まない。

だがそんな二人だけの世界に、ある日突然異分子が入り込んだ。

新たな監視役としてやってきたのは、一人の少年。

透き通るような金の髪。他の神官たちとは違い、善良に煌めく穢れのない緑柱石色の目。

クラウディアが大切にしていた弟に、それはよく似ていた。

クルトの頭の中に、警鐘が鳴り響いた。

彼はこの楽園から、クルトとクラウディアを追放する存在であると。

――なぜか、そう確信したのだ。

案の定、クラウディアは失った弟に重ね合わせ、その少年リベリオを可愛がり始めた。

クラウディアが自分以外に心を割くことが、苦痛で苦痛で仕方がない。

リベリオもクラウディアを姉のように慕っていた。

他の神官共と同じように、何か裏があるのではないかと、彼の心も読んでみるが、その少年はどこもかしこも善良だった。腹立たしいことに。

純粋に彼はクラウディアを慕っていた。少年らしい年上の女性への憧憬。

それから、失った姉への悔恨だ。

やはりクラウディアによく似た彼の姉は、家のために随分と年上の男の元へ後妻として嫁ぎ、さんざんいびられた上で夫に殴り殺されていた。

ただ彼の記憶をなぞっただけのクルトでも、腹立たしく感じるほどの理不尽さだ。

リベリオは姉を守れなかったことを、酷く悔やんでいた。

そしてその贖罪を、その姉によく似たクラウディアに向けていた。

だからこそ、リベリオのクラウディアに対する行為は、どこまでも無償だ。

クラウディアのために、常に彼はできることを探していた。

だからこそ、クルトは面白くない。

憤りは止まらない。腹の底が煮えるような不快感が続く。

恋ではないと知っている。純粋な気持ちだと知っている。

だがそれでもクラウディアが、少年をかまうのが許せない。

そしてやはり答えは恋愛小説の中にあった。

これは『嫉妬』だ。クルトは年端のいかぬあの少年に、嫉妬しているのだ。

リベリオに「美しい」と言われると、クラウディアは嬉しそうに微笑む。

クルトがどれほど彼女に「美しい」と「可愛い」と伝えても、流されてしまうのに。

クラウディアが自分をぞんざいに扱うのが悲しい。クルトにはクラウディアしかいないのに。

――――だから。

クルトは最後の一線を超えた。

クラウディアの特別になりたかったからだ。少しでも彼女の心を揺らしたかった。

初めて味わった彼女の中は、温かくて、泣きそうになるくらいに気持ちがよかった。

そしてクルトは、クラウディア曰く、完全に堕落したということになった。

クルト自身は、何も変わっていない。ただ、クラウディアを深く愛しただけ。

それなのにクラウディアは、彼をただの人間にしてしまったといって泣いた。

クラウディアと同じ人間になれたなら、それはクルトにとって祝福でしかない。

勝手にされてしまった『神の子』なんかより、彼女と同じ人間であるほうが嬉しい。

ただひたすら懺悔(ざんげ)し、己の罪を語るクラウディアを、クルトは抱きしめた。

自分を憎めとクラウディアは言うが、クルトは全て、最初から知っていた。

――彼女の憎しみも、苦しみも、悲しみも。

復讐の術を失い、呆然とする彼女を、クルトは抱きしめる。
このままずっと自分といればいいのだ。この楽園に。そう思っていたのに。
「還俗して、ここを出ていこうかと」
それなのに、クラウディアはここを出ていくと言い出した。
クルトの全身から血の気が引いた。
――嫌だ、それだけはどうしても。
今更クラウディアを失うことなど、耐えられない。
気がつけば、彼女に必死に縋っていた。
他人にこんなにも何かを願うのは、初めてのことだった。
無様にクラウディアに希う。
どうか、どうか捨てないでくれ。
彼女がいなければ、もう呼吸の仕方すらわからなくなってしまうのに。
――一緒にいたいな。
そのとき、クラウディアの心の声が聞こえた。
「…………え？」
それは、クルトが彼女から初めてもらった、純粋な『好意』だった。
復讐の道具としてのクルトではなく、ただ一人の人間としてのクルトに対する。

心臓が跳ね上がった。

利用価値がなくなってしまった自分でも、彼女は必要としてくれるのか。

「ねえクルト様。一緒にここから逃げましょう」

そう誘ってもらったとき、体中に、何かが満たされていくのを感じた。

クラウディアは、神から、神殿から、クルトを奪ってくれるのだという。

それからの日々は、夢のように幸せだった。

二人でここから逃げ出す方法を、考える。

これから先も共に歩む、幸せな未来の話を。

一度も出たことのないこの場所から出ていくことは、確かに不安もある。

だが、クラウディアがいる場所が、クルトの楽園だ。

己がクラウディアの特別であるという自覚は、リベリオへの嫉妬も和(やわ)らげた。

周囲を多少ちょろちょろされても、あまり気にならなくなるほどに。

彼女とこのまま一緒に大神殿を出て、旅に出て、見たいものを見て、食べたいものを食べて、たまには怠惰に過ごし、笑いながらその生涯を共に過ごすのだ。

そのためなら、大嫌いな服や靴だって、身につけることを厭(いと)うまい。

――そう、思っていたのに。

クルトの怒りに呼応し、大地が揺れる。
どうしようもなく浮かれていたのだ。だから警戒を怠ってしまった。
そして、クラウディアを失ってしまった。本当に自分はなんと愚かなのか。
クラウディアの泣き顔が浮かぶ。
ああ、心配しないで。
ちゃんと望み通り、この世界の全てを壊してあげる。
ああ、そうだ。まずは帝国を滅ぼしてやろう。
クラウディアの家族を惨殺し、あんなにもクラウディアを苦しめた罪は重い。
また大きく地面が揺れた。
世界中から救いを求める声が聞こえても、クルトの心は動かない。
それが終わったら、今度はここ、エラルト神国も滅ぼしてやろう。
なんせ、クラウディアを殺したのだから。滅びて然るべきだろう。
大体この国は無駄に長く続きすぎたのだ。
だからこそどこもかしこも、どうしようもなく腐ってしまったのだ。
そろそろ滅びるべき頃合いだろう。
そして、あの腐りきった神官共を、一人残らず殺し尽くしてやる。

大好きな神の子たるクルトに殺されるのだから、きっと本望だろう。
ああ、それから、それから……。

「クルト様……！」

そしてクルトは混濁する夢現の中で、愛しい恋人の声を聞いた。

『クラウディア。目を覚ましなさい』
『もう。相変わらずお寝坊さんね』
『お姉様。起きて。一緒に遊ぼう』
懐かしい声がした。――大好きな家族。守れなかった家族。
神様なんてもう信じてはいないけれど、天国だけはあったらいい。
そう、クラウディアはずっと思っていた。
死んだ人たちが、天国で幸せに暮らしていると思えたのなら。

残された人間が、わずかながらも救われた気持ちになれるから。

——ああ、本当に、なんて利己的で醜い話だ。

せめて死後の世界だけでも幸せになってほしいという、残された者の根拠のない、切なる願い。

きっと、人は弱いからこそ、死後に世界を求めるのだ。


大好きなあの人が、天国で幸せになりますように。

大嫌いな人間が、地獄に落ちて苦しみますように。


きっとクラウディアは、天国に行くことはできないだろう。

あまりにもたくさんの罪を犯してしまったから。

けれどもクルトには、自分は天国に行ったのだと思ってほしい。

——そして、こんな性悪な女のことなど忘れて、前を向いて生きていってほしい。


ずっと、あらゆるものを不当に奪われ続けた、可哀想な人。

どうか、幸せになってほしい。彼にはその価値があるから。

本当は自分が、幸せになった彼の隣にいたかったけれど。

まあ、こればかりは仕方がない。

死の間際になって。遺(のこ)していく立場になって。

クラウディアは自分の心に素直に、そんなことを思った。

そして亡くなった自分の家族も、残されるクラウディアに、そんなふうに思ってくれたのだろうと、そう思えた。

彼らの望むように生きることができなかった、自分の弱さを。

(きっと自分が同じ立場にならなければ、その結論には至らなかったであろうけれど)

――どうか、どうか、どうか幸せに。

そう願い、意識がまた闇に飲まれそうになった、次の瞬間。

ちくり、と腕に針のようなものが刺さる感触があった。――地味に痛い。

針で死んだのだから、せめてもう針は勘弁してほしいと思う。

クラウディアは縫い物が、それでなくとも得意ではないのに。

まさかそういう種類の罰が待つ地獄なのだろうか。

(それは嫌だわ……。って…………あら？)

しばらくして、徐々に体の感覚が戻ってきたのを感じる。

一体なぜだろうか。自分は死んだのではなかったのか。

ようやく動いた重い瞼を開けてみれば、目の前で見習い神官のリベリオが涙を流していた。

「クラウディア様……！　よかった……！」

「……りべ……りお……？　どうして……？」

呂律がうまく回らない。まだ全体的に体の痺れが残っているようだ。

周囲を見回せば、多くの神官たちが恐怖に歪んだ顔をして、救いを求めるようにクラウディアを取り囲んでいた。

（一体、何があったの……？）

「申し訳ございません！　クラウディア様のドレスに仕込まれた針の毒を調合したのは私です……！」

リベリオが地面に額を擦りつけて、クラウディアに詫びる。

するとドンッと体が浮くような振動がした。周囲の神官たちがヒィッと情けない声を上げ、頭を守るように縮こまる。

本当に一体何事だとクラウディアは、リベリオの手を借り身を起こして周囲を見回す。

ここはクルトと過ごしている、いつもの中庭のようだ。

どうやら自分は毒針に刺されたものの、一命を取り留めたようだ。

なぜ死人のように花の中に埋められていたのかは、よくわからないが。

するとリベリオが懺悔するように、己の罪を語り始めた。

「クラウディア様に使用されたのは、毒ではなく強力な麻酔薬と弛緩剤です。死を偽装でき、また死を免れるぎりぎりの量で作りました……」

元々リベリオは、クラウディアが懐妊したときのため、または不必要になり処分するときのために遣わされた神官だった。

そして上司にクラウディアを殺すための毒を作るように指示され、それに逆らうことができなかった。

だが、その一方でリベリオは、人を殺す勇気もなかった。

そのため、命を奪うまでには至らない薬を作り、上司に渡したのだという。

クラウディアは姉によく似ていた。そしてリベリオ自身、彼女を憎からず思っていた。

「私は仮死状態のクラウディア様を、秘密裏に大神殿から逃がすつもりだったのです」

そこでリベリオはクラウディアの死を偽装し、神殿の外へ連れ出そうと考えたようだ。

「私には、とてもクラウディア様が幸せとは思えませんでした」

だから「幸せか」などと聞いてきたのだ。

このままクルトのそばで、彼の子を孕むための腹として利用され、価値がなくなれば殺される予定のクラウディアを、彼は憐れんでいたのだろう。

どうりで彼からは、害意を感じなかったわけである。

「そうだったの……。ありがとう。リベリオ」

ここにいるのが彼でなかったら、間違いなくクラウディアは殺されていただろう。

するとまた地面が揺れた。中庭に逃げ込んできた神官たちが情けない声を上げる。

「そんなことよりも、生きていたのなら、早くクルト様を止めてこい！」

そして切羽詰まった様子の神官に怒鳴られ、クラウディアは内心首を傾げる。

クルトが一体どうしたというのだろうか。

リベリオがまた、地面に額を擦りつけ、事態を教えてくれる。

「クルト様は、クラウディア様を失ったと思われて、悲しみのあまり暴走されております。このままでは……」

「……なんですって？」

意味がわからず、クラウディアは唖然とする。

クルトが暴走すると、何か問題があるのか。

「ご覧になれば、おわかりいただけるかと……」

大柄な神官に背負われ、クラウディアは一年以上ぶりに、神殿の中庭から出た。

さしたる感慨はなかった。きっと、クルトと一緒ではないからだろう。

（――ここを出るときは、一緒だと言ったのに）

神殿は度重なる地震により、所々が崩壊していた。

まるで戦争にでも巻き込まれたかのようなありさまだ。

帝国が攻め込んできたと言われても、信じてしまいそうなほどに。

「クルト様……」

やがて大神殿の門の前に出れば、クルトがぼんやりと光る光の柱の中で立っていた。

ポカリと開いた彼の銀色の目は、もう何も見ていない。ただ虚空を映している。

せっかくガラス越しではない広い空を見られたのだから、もっとちゃんと見たらいいのに。

なぜか、ふとそんなことを思ってしまった。

クルトを包む光の中で、彼を中心に周囲の土が大きく抉(えぐ)れている。

つまりその光の中に普通の人間が入れば、どうなってしまうかわからない。

(あなた、本当に神の子だったのね……)

なぜか、妙な感動があった。自分は間違っていなかったのだ、という。

「下ろしてください……」

クラウディアはクルトのすぐ近くの地面に下ろしてもらう。

まだ自分の力で立ち上がれるほどには、麻痺(まひ)から回復していない。

信じられない奇跡を前に、神官たちが地に膝をつき、クルトに向け祈りを捧げている。

おそらくは、彼の怒りを解き、許しを得んとしているのだろう。

また、大きく地面が揺れた。そしてどこかで何かが爆発したのか、キィンと空気が張り詰めるような、耳障りな音。

（この地震は、本当に彼が起こしているのね……）

『——カヴァニス火山の噴火は、預言の子が起こした』

確か、マルティーナはそう言っていた。だからこそクラウディアはここへきて、自分の代わりにクルトに世界を滅ぼしてもらおうと考えたのだから。

そして勝手に彼に奇跡の力を期待して、勝手に彼に力がないと失望していた。

だが、本当だったのだ。何もかもが。

「早くクルト様をお止めしろ！　お前が生きているとお知りになればきっと……！」

そんな、自分勝手な喚(わめ)き声が聞こえる。クラウディアは顔を顰めた。

さらには神殿の中から、真っ青な顔をした教皇猊下までもが飛び出してきて、クラウディアに命じた。

「貴様！　これ以上被害が出る前に！　早くクルト様を止めるのだ……！」

神官たちが口々に、クルトを止めろとクラウディアを責め立てる。

きっと死にたくないのだろう。クラウディアと、同じように。

——ああ、その気持ちはわかるけれども。

クラウディアは、酷く荒んだ気持ちになった。

そもそも彼らこそが、クラウディアを殺そうとしたくせに。随分な言い草だ。

こんな状態になってから、手のひらを返してクラウディアに助けを求めるなんて。

厚顔無恥にもほどがあるだろう。

また大地が揺れる。クラウディアは転がるまいと必死で地面にへばりつく。

（……そうよ。むしろ滅びてしまえばいいんだわ）

まるで天啓が降りたかのように、クラウディアは思った。

このままクルトを放置すれば、世界が滅びるというのなら。


――それはまさにクラウディアの、願い通りではないか。


クルトと一緒なら、ここで死ぬのも悪くないかもしれない。

クラウディアは、教皇と周囲の神官たちをじっくりと見回す。

この中で、どれほどの人間が、クラウディアの暗殺に関わったのかはわからない。

だが少なくともクラウディアには、彼らを助ける理由も義理もない。

「早くしろ……！」

またしても我が身可愛さに怒鳴り散らす神官たちを前に、クラウディアは愛らしく小首を傾げてみせる。

「……なぜ？」

幼くこぼされた言葉に、神官たちは、絶句した。

クラウディアは彼らに、満足げににっこりと笑いかけた。

「世界が滅びてもいいというのか！」

教皇が叫んだ。それに対するクラウディアの答えは一つだ。

「ええ。だって私はずっと、この世界を滅ぼしてやりたかったんですもの」

神官たちの顔が、絶望に染まる。

その様子を、クラウディアは楽しく見やる。

胸がすくとは、きっとこんな気持ちを言うのだろう。

さんざんクラウディアを見下し、蔑み、殺そうとまでしようとした彼らが。

クルトとクラウディアに怯え、震え、無様な姿を晒している。

「ふふっ……あはは……！」

楽しげに声を上げて笑えば、神官たちがさらに怯える。

悪魔、と誰かがクラウディアを呼ぶ。

そうかもしれないと、さらに楽しい気分になってしまった。

クラウディアは確かに悪魔だ。

神の子たるクルトを誑かし、今、まさに世界を滅ぼそうとしている。

この復讐を、たとえ父と母と弟が喜ばなくても、クラウディアが望んだ。それでいい。

こんなにすっきりとした気持ちは、久しぶりだ。

それから、またクルトを見つめた。

だがクルトの顔は、苦しそうだった。今にも泣き出しそうだった。

彼はまだ、クラウディアを失った絶望に囚われたままなのだ。

「お馬鹿さんね……」

けれど滅多に怒らない彼が、クラウディアのために世界を滅ぼさんとするくらいに、怒っている。

そのことに、こんなにも心が喜んでしまうのはなぜだろう。

世界を滅ぼしてしまうくらいに、クルトを自分に依存させようとした。

クラウディアのかつての目標は、正しく成就したのだ。

神の子という至高の存在が、世界よりもクラウディアを選んだという事実が、どうしようもなく嬉しい。

けれどもそこで、初めてクラウディアの心が揺れた。

このままでは、クルトも自分も死ぬことになるのだろう。

失った家族の顔が、吊り下げられた無惨な姿が、クラウディアの頭の中で、ぐるぐると回る。

滅んでしまえと思った。こんな国、こんな世界。

自分や家族が幸せになれない世界など、存在する価値がない。

それなのに、なぜ、ここへきてこんなにも迷いが生じているのか。

『――ねえ、私は、クラウディアに恋をしているんだ』

そして、唐突にクルトを思い出す。

愛おしげにクラウディアを見つめる目を。クラウディアに触れる熱い手を。

クルトに愛されていると知っている。

だからこそ、こんなにも胸が締めつけられる。

こんなことを、自分は望んでいたのだろうか。

もっと他のことを望んでいなかっただろうか。

『世界を滅ぼしてもいいけれど、クラウディアが死ぬのは嫌だなあ』

そして、かつてのクルトの言葉を思い出す。

彼のその言葉は、真実だったのだ。

いつだって世界を滅ぼせる彼は、クラウディアの願いを知りながらそれをしなかった。

なぜなら、クラウディアを愛し、その命を、その存在を惜しんだから。

そして、クラウディアは素直に自分の望みに気づいた。

——ああ、そうか、自分は。本当は、自分だって。


(……クルト様に死んでほしくないんだわ)


世界など、他人など、どうなってもいいが、たった一人。

クルトにだけは、死んでほしくないのだ。

本当は、どこまでも続く広い空を見せてあげたかった。

四角く切り取られた、あんな小さな空ではなく。

やっと、今、広い空の下にいるのに、彼の目は失ったクラウディアだけを見つめている。

(馬鹿みたいね……)

家族を失い、もう自分には何もないと思っていたのに。

またしてもこの世界に、自分以上に大切な存在ができてしまった。

無様にも、失うことを恐れる存在を、新たに作ってしまったのだ。

その弱みを持ってしまえば、もう、世界の滅びを望むことが、できなくなってしまうのに。

――そしてクラウディアは、己の復讐の終わりを知った。


「クラウディア姫。どうか、どうかクルト様をお止めください」

するとクラウディアの迷いに気づいたのか、教皇自らが跪き、彼女に恭しく乞うた。

どうやらちゃんとクラウディアの身上は、調べてあったらしい。

これまで亡国の王女など、平民同然に扱っていたくせに。

今頃になって、王族として扱うなんてと失笑する。

なんとも都合のいいことだ。

「あなたの憎しみは、よく存じております。我らは間違いなくアルファーロ王国を見捨ててしまった」

クラウディアは無感情な目で、教皇を見やる。

「心よりお詫びいたしましょう。そして、できる限りのことをいたしましょう。クルト様を止めてくだされば、必ずやアルファーロ国王夫妻、並びに王太子殿下の名誉を回復させ、私自ら弔いをさせていただきます」

その様子を、神官どころか、大神殿を頼って集まっていた国民たちも見ていた。

おそらく、十分な証人になるだろう。

名誉を回復されようが、今更家族が生き返るわけではない。それでも、クラウディアと違って、敬虔な信者であった家族は、教皇自らの弔いを喜ぶかもしれない。

「もし私がクルト様を止めることができたら、クルト様と私は、この大神殿を出ます」

するとそれを聞いた神官たちが、顔を引きつらせた。

それを受け入れれば、神殿は神の子を失うことになる。

「承認していただけますか？　さすがの私も、自分を殺そうとした人間たちのところで暮らしたくはないので」

それは至極真っ当な感覚だろう。だが神殿側も簡単には受け入れられないことを知っている。

クラウディアとしても、これは賭けだった。

自分がクルトを止められる保証など、どこにもないのだから。

「貴様……！」

神官の一人が気色ばみ、クラウディアに摑みかかろうとしたところで、また地面が揺れた。

教皇の頭から、宝石の散りばめられた冠が落ちた。まるで、人類の未来のように。

その場にいる者たちの心が、明確に折れるのをクラウディアは感じた。

「下がれ！　もはや神の怒りを収められるのは、クラウディア姫をおいて他にはいないのだ！」

激しい教皇の言葉に、神官たちはクラウディアに向かって膝を折り、頭を垂れた。

「ここを出て、どうなさるおつもりか」

「旅に出ようと思います。あなたたちがクルト様から奪ったものを取り返しに」

教皇は押し黙り、髪がほとんど残っていない頭を、深く下げた。

「……全て受け入れましょう。ですからどうか、この世界をお救いください」

「……ありがとうございます」

言質を取ったクラウディアは、もう一度クルトに向き直る。

それから必死に地面を這いずって、クルトの元へと向かった。

きっとクルトを包むあの光は、クラウディアを傷つけない。

だってクルトは、クラウディアにだけは優しいから。

クルトでできたものならば、クラウディアを受け入れてくれるだろう。

「クルト様……」

そしてクルトを包み込む光の中へ、必死に叫ぶ。

クルトから発せられる光は、やはりどれほど近づいても、クラウディアを傷つけることはなかった。彼自身と同じように。

「――ねえ、私、生きてるわ。おねがい、私を殺さないで……」

また地面が揺れ、そこら中から悲鳴が聞こえてくる。

クルトの目は、虚空を向いたまま。何も映してはいない。

やはりもうここまできたら、彼に言葉は通じないのだろうか。

クラウディアの両目から、涙が次々にこぼれ落ちた。

ああ、こんなことならば、もっと早く、伝えておけばよかった。

家族を失ってから一度も使ったことのない、この言葉を。


「クルト様。愛してるわ……」


クルトが溢れんばかりにくれる愛の言葉に甘えて、自分からは伝えなかった言葉。

その言葉を口にしたら、心が弱って、きっともう復讐を望めなくなってしまうと思ったのだ。

けれどきっとそんなことは、関係がなかったはずなのに。

「愛してる……愛しているの……」

もったいないことをしてしまった。伝える機会はいくらでもあったのに。

自分はいつも後悔ばかりだ。馬鹿みたいに、何一つ正しい選択肢を選べない。

クラウディアが壊れたようにクルトへの愛の言葉を繰り返し、地に伏せて泣いていると、
恐る恐る、といったような声が聞こえた。

「…………ねえ、それは、本当？」

聞きたかった愛しい声に、クラウディアは恐る恐る顔を上げる。
そこには自分と同じように、涙で目を潤ませたクルトが立っていた。
気がつけば、大地の揺れが止まっていて。
ぼやける視界で、それでも愛する人に向けて、クラウディアは未だ痺れの残る腕を伸ばす。

「……クルト様。愛してる」

だから、この先も共に生きてほしい。
すると間髪容れずに、よく知る腕がクラウディアを引き寄せて、強く抱きしめた。

「……クラウディア。愛してる」

温かな彼の腕の中で、クラウディアは子供のように、声を上げて泣いた。

エピローグ　愛しき巡礼の旅

朝目覚めれば、今日も隣に全裸で寝ているクルトがいる。

クラウディアは身を起こし、寝乱れた彼の髪を、手を伸ばしてそっと整えてやる。

朝陽に照らされたその姿は、まるで一幅(いっぷく)の絵画のように美しい。

いや、この姿を見たらその美しさにとても描き写せぬと、画家が筆を折ってしまうかもしれない。

それなのに慣れてしまってなんとも思わなくなった自分が、少し恐ろしい。

人が贅沢に慣れるのは、早いのである。

昨夜はどうやら寝台の上で旅の計画を立てている最中に、二人で寝落ちしてしまったらしい。

床にたくさんの文字や記号が書き込まれた、大きな地図が落ちている。

寝台から手を伸ばして拾い上げて、広げる。

楽しみのあまり、地図を見ているだけで顔が綻んでしまう。

すると背後から腕が伸びてきて、クラウディアの腰に絡まった。

「あら、起きたの？　おはようございます。クルト様」

声をかければ、腰に絡められた腕に力が込められ、彼の元へと引き寄せられた。

どうやら少しだけ肌寒かったらしい。だったら服を着ろと言いたいが。

とにかく寝るときの全裸だけは、どうしても譲れないらしい。

外を全裸で歩かれたら問題だが、部屋の中だけならまあいいかと、クラウディアもとうとう諦めてしまった。

仕方ないのでクルトのための温石となるべく、クラウディアは彼の体の上に寝そべった。

すると下から手が伸びて、強く抱きしめられる。

「おはようクラウディア。今日も可愛いね」

クラウディアは小さく笑って、まだ開ききらない眠そうな彼の瞼にちゅっと小さな音を立てながら口づけを落とし、次に嫌味なくらいに高い鼻に口づけを落とし、それから柔らかく弧を描くその唇に口づけを落とした。

すると後頭部を手で押さえつけられて、唇を深く咥えこまれてしまう。

呼吸が苦しくて思わず開けてしまった唇の間に、ぬるりと熱い舌が入り込んでくる。

「んっ……ん！」

肉厚で長い舌が、クラウディアの口腔内を蹂躙する。

絡め取られた舌が、今度はクルトの中へと引きずり込まれた。

ぞくぞくと背中に甘い疼きが走る。太ももの辺りに熱くて硬い感触がある。

今日も朝から元気なことだと、クラウディアは少々遠い目をしてしまった。

背中に手を回されて、体勢を入れ替えられる。

柔らかな寝台を背中に感じ、クラウディアはクルトの顔を見上げた。

彼の長い銀の髪が、さらさらとクラウディアのほうへ降りてくる。

そのたびにクラウディアは、まるで檻に囚われてしまったかのような、被虐的な快感を感じてしまう。

ぞくぞくと戦慄く体を叱咤し、クラウディアは慌てて叫んだ。

「クルト様！　朝よ……！」

これは、最後まで持ち込まれてしまう流れである。

夜ならばやぶさかではないが、さすがに朝からは何もかもが丸見えで、恥ずかしい。

「え、でもせっかくだから使いたい……なんて」

どうやらクラウディアの太ももに押しつけているものを、そのまま使いたいらしい。

そしてまた誤魔化すように、クラウディアの唇に口づけを落とす。

「だめ……？」

そんな可愛らしく言わないでほしい。断れなくなってしまう。

「でも今日はここを出る予定でしょう？」

出発時間はいつとは決めていないが、今日からこの大神殿を出て、旅に出る予定だ。

こんなことをしている場合ではない気がするのだが。

「旅に出てしまったら、こうして気軽に触れ合えなくなるだろう？」

「………」

そんなことを言いながら、旅の間も絶対に色々してくるのだろうな、と思いつつ、クルトに甘いクラウディアは、流されるままこくりと頷いてしまった。

嬉しそうにクルトが笑う。その顔を見たら、もう逆らう気力がなくなり、腰から力が抜けてしまった。

抵抗をやめて体から力を抜けば、嬉々としてクルトはクラウディアに覆いかぶさり、彼女の寝衣を捲り上げて、その肌を暴く。

陽の光に照らされて、白く浮き上がる肌を、クルトは眩しげに目を細めて見つめ、熱のこもった息を吐いた。

そして仰向けに寝てもなお、その膨らみを残すクラウディアの乳房を、大きな手で包み込み、優しくこねくり回す。

クルトは相変わらず、クラウディアの胸が大好きだ。

そんな幸せそうな顔で頬擦りされると、何も言えなくなってしまう。

くすぐったさに身を捩るが、大きなクルトの体に押しつけられて、逃げられない。

「触るとここが硬くなるの、いつ見ても不思議だ」

ツンとした痛みに似た感覚とともに、硬く勃ち上がった胸の頂を、指先で弾いてクルトは笑う。

恥ずかしくてクラウディアが顔を背ければ、そうはさせまいとまた顔中に口づけを落とされる。

「でも、すごく可愛い」

健気に勃ち上がったその突起を摘まれて、クラウディアは思わず小さな声を上げた。

これだけで息が上がって、体の奥が疼く。

クルトが幸せそうにクラウディアの胸に顔を沈め、その頂を舌でねっとりと舐めあげた。

「あっ……！」

クラウディアは快感に体をのけぞらせる。

下腹部にどんどん熱が溜まって、脚の付け根がむずむずと甘痒く疼く。

胸の頂を吸い上げられたり舌で押しつぶされたりするたびに、小さく声を上げて、熱を逃がそうと膝を擦り合わせてしまう。

それに気づいたクルトが、クラウディアの脚の間に手を差し込み、脚を開かせて、クラウディアの下着を器用に下ろしてしまった。

剥き出しになった秘部の割れ目を、クルトの指先がなぞる。

「ひあっ……！」

待ち望んだ場所の刺激に、クラウディアが小さく腰を跳ねさせる。

クルトは逃げられないようにクラウディアをしっかりと抱き込むと外にまで溢れ出ていた蜜を指先に絡め、つぷりと割れ目に沈み込ませた。

そしてそこに隠された小さな粒に、クルトの指が触れる。

「――っ！」

それだけでクラウディアは、小さく達してしまった。

「相変わらずクラウディアの体は感じやすくて可愛いな」

耳たぶを舐られながら、辱められるのも毎回のことである。

ぐったりと寝台に身を沈ませてしまったクラウディアに、クルトはなお執拗に愛撫を仕掛けてくる。

一度達して敏感になっている花芯を、指の腹で擦り、摘み上げ、揺らす。

そのたびにクラウディアの内側からとろとろと蜜が溢れ、内側に引き絞られるような感覚が続く。

やがて蕩けた蜜口に、ゆっくりと指が差し込まれる。

探るように、掻き出すように指を動かされれば、腰と太ももが自ずとがくがくと震えてしまう。

「気持ちいい？」

そう耳元で聞かれれば、頷くしかない。

怖いくらいに、気持ちがいい。

気持ちがよすぎて、どうにかなってしまいそうだ。

「やあっ……！　ああっ……！」

親指で陰核を刺激されながら、膣壁を押し広げられ、クラウディアはまた達してしまった。

クルトの指を脈動とともにぎゅうぎゅうと締めつけ、クラウディアは体を震わせる。

中から指を引きぬかれれば、ひくりと痙攣し、そして蜜が溢れ出る。

クルトはその様を楽しげに見つめ、それからクラウディアの脚を大きく広げた。

「……挿れてもいいかな？」

人に触れるときは、ちゃんと許可を取りましょう、というクラウディアの言葉は、今もちゃんと守られているようだ。

クラウディアは腕を広げ、微笑む。

「ええ。クルト様をちょうだい」

するとの余裕をなくした表情のクルトが、そのまま一気に腰を押しつけてきた。

「きゃ、あっ……！」

ぐちゅっと卑猥な水音を立てながら入り込んできたものに子宮を押し上げられて、絶頂から降りてきたばかりのクラウディアは、またさらなる高みに放り込まれた。

敏感になって脈動を続ける膣内を、クルトは容赦なく執拗に擦りあげ、突き上げた。

「ああ、締まって気持ちいいな……、ほらクラウディアは奥が好きだよね」

がんがんとクルトに奥を抉られ、クラウディアは悲鳴のような声を上げる。

「あっ……！　もう、むり……！　だめ……！　あっ！」

ずっと絶頂の中にいるような、苦痛に感じるほどの、圧倒的な快楽。

助けてほしくて、クラウディアはクルトの背中に縋りつくように手を回す。

するとクルトはクラウディアを抱き上げて起き上がり、座ったままで抱き合うような体勢になると、そのまま自分の腰の上へ彼女を落とした。

「……かはっ」

まるで串刺しにされたように、奥の奥まで暴かれて、クラウディアの喉から呼吸が漏れた。

そして、そのまま下から突き上げられる。

クラウディアの大きな胸が、激しく上下に揺れる。

どうやらその膨らみが揺れる様を、クルトは楽しんでいるようだ。

それから両手でクラウディアの胸を鷲摑みにし、その頂を引っ張ったり押しつぶしたりしながら、腰を振る。

弱いところを同時に刺激され、快感のあまりクラウディアの意識が朦朧としてくる。

「ああ、やっぱり私は、クラウディアの胸が大好きだな」

それなのに突然クルトがそんなことをいうので、クラウディアは小さく笑ってしまった。

そう、彼は出会ったときから、クラウディアの胸に興味津々だったのだ。

「ああ、もう、でる……」

手を胸から離し腰を摑むと、クルトは肌がぶつかる乾いた音がするくらいに激しくクラウディアを揺さぶった。

「……っ」

そして小さなうめき声を漏らし、クラウディアの中に欲を吐き出した。

全てを吐き出させるように、彼女の中で数回扱いた後、クルトは力を失ってクラウディアにもたれかかってくる。

互いに強く抱き合えば、汗で互いの肌が張りついて、一つになってしまったような幸せな錯覚に陥る。

つながった部分が熱く熱を持って、激しく脈を打っている。

その脈動が気持ちがよくて、ビクビクと腰が震えてしまう。

額を擦りつけ合って、鼻先を触れ合わせて、触れるだけの優しい口づけをして。

それから荒い呼吸を整え合って、笑い合う。

ずるりと体を離せば、体の中に空洞ができてしまったようで、不思議と喪失感を感じ寂しくなるのはなぜだろう。

もう一度だけ抱きつけば、クルトは笑って抱きしめ返してくれた。

久しぶりに得た、心の底から信じられる人間（クルト）の存在は、随分とクラウディアを寂しがり屋にしてしまったようだ。

もうクルトから離れることは、生涯できない気がする。

抱き上げられて連れ込まれた浴室で、クルトに体の隅々まで綺麗に洗われる。

本来クラウディアが世話係だったはずなのだが、クルトは今ではすっかり彼女を着せ替え人形のように世話をすることが、気に入ってしまったらしい。

体を拭き、髪を乾かし、少し休んでから、クルトは衣装箱の中からクラウディアの桃色の簡素なワンピースと下着一式を取り出す。

先日、教皇の許可を得て、クラウディアは還俗をした。

だからもう、クラウディアが修道服を着ることはない。

教皇としては、己の管轄下に置けることから、修道女のままでクラウディアをクルトのそばに置きたかったようだが、クラウディアは断った。

もうアルファーロ王国はなくなってしまった。

よって、クラウディアが信仰に生きる必要もなくなった。

だからこそ、決められた未来のために諦め、手放してしまった色々なものを、取り返したいのだ。

可愛い服を着て街を歩きたいし、美味しいものを食べたいし、結婚や子供を持つことだって、もう諦めたくはないのだ。

そしてクラウディアは還俗し、自由になった。

クルトがクラウディアに下着を着せ、リボンを結び、ワンピースを着せる。自分で着られると言っているのに、なぜかクルトはクラウディアの着替えをしたがるのだ。

ちなみに、クルトは現状、全裸のままである。

クラウディアには毎日、極上の見た目の全裸男に、服を着せられ、身だしなみを整えられるという、訳のわからない行事が発生している。

これまたすっかり慣れてしまって、なんとも思わなくなっている自分が怖い。

最後にブラシでクラウディアの絡まりやすい金の巻き毛を丁寧に何度も梳り、彼女の上から下までをじっくりと確認して、クルトは満足げなため息を吐いた。

「やっぱり今日もクラウディアは美しいな」

いつもの通りクルトの言葉はまっすぐで、疑いようがない。

クラウディアの女としての自信を、毎日鼓舞してくれる。

それからクルトは、今度は自分が本日着る予定の服の前に立った。

貴族というにはいささか質素な、けれども上質な服一式である。

さらには革靴と靴下まで用意されている。

だがなにやらクルトの眉間の皺が深い。

（……そんなに服を着たくないのね）

クラウディアはくすくす笑いながら、身支度を手伝ってやろうと彼のシャツを手に取る。

残念ながらこれから外の世界で生きていく上で、服は大切である。

裸で街を歩いたらただの変態であり、憲兵に捕まってしまうことだろう。

「いい加減諦めましょうね、クルト様。ほら手を上げて」

クラウディアは渋々ながらも上げられたクルトの腕に、シャツの袖を通し、前をとめてやる。

膝裏まであった長い銀の髪は、背中の中ほど辺りで切って、首元で一本にまとめた。

下穿きを穿かせ、靴下を履かせ、タイを結び、ベストと上着と外套を着せてみれば。

そこにいたのは、惚れ惚れするくらいの美男子であった。

やはり全裸の彼とはまた違った、格好良さがある。

すっかり見慣れてしまったはずの彼に、クラウディアは久しぶりに見惚れときめいた。

「……クルト様、格好いいです……！」

思わず口にすれば、クルトがわずかに目を見開き、頬を赤らめて嬉しそうに笑った。

そこで彼を美しいと言ったことはあるが、格好いいと言ったのは、これが初めてだということに気づいた。

思い返せば、そもそも彼が美形であることが当たり前すぎて、彼の容姿を褒めたことがほとんどなかったことに気づく。

（もしかしてクルト様、自分の容姿の素晴らしさに気づいていないとか……？）

クラウディアは反省した。やはり言葉を惜しんではいけない。

よく考えたらほとんどの時間を一人で過ごしていた彼には、容姿の比較対象はなかった。

それにこのまま褒め殺していれば、そのうち服を着ることを嫌がらなくなるかもしれない。

毎日宥めすかして、服を着せるのは大変なので、自ら進んで着るようになってほしい。

ちなみに一般人に紛れ込もうと、地味な衣装を選んだはずだが、二人とも美しすぎて、悪目立ちしている。

街中で埋没などとてもできないのだが、二人はそのことに全く気づいていなかった。

描き込めるだけ描き込んだ地図を丸めて、準備していた荷物を背負う。

「さあ、行きますか！」

二人でしっかり手をつないで、開かれた分厚い鋼鉄の扉をくぐる。

クルトを閉じ込めるために作られたであろう、その扉を。

そうしていつか二人で抜け出そうと約束した、楽園を模した中庭から出る。

なにやら感慨深くて、クラウディアは思わず涙ぐんでしまった。

あの未曾有の大災害から、一ヵ月が経とうとしていた。

世界から、被害の報告が大神殿へと上がっていた。

クラウディアがクルトに、さんざん憎しみをこぼしていたことがよかったのか。

クルトが引き起こしたあの大災害で最も被害が大きかったのは、ヴィオーラ帝国だった。

帝都に直下型の地震が起き、皇宮が崩壊。

皇帝を含む多くの皇族が下敷きとなり、その命を落としたのだという。

滅多に地震のない国であったが故に、建物自体に耐震性がなく、被害は甚大なものとなったようだ。

これにより各地に散って好き放題にしていた帝国軍が軒並み帰国となり。

帝国内の復興にあたることとなったようだ。

そしてすでに征服され支配されていたいくつかの国で、独立運動が勃発し、実際に何ヵ国かは帝国からの独立に成功した。

さすがにしばらくの間は帝国も侵略戦争をする余力はないであろうし、このままいけば、近いうちに奪った国土の多くを失うことになりそうだ。

図（はか）らずもクラウディアの望み通り、クルトの手によって復讐は成（な）った。

帝国軍が撤退したアルファーロで、エラルト教団の力を借り、クラウディアはようやく両親と弟の遺体を、アルファーロ王家代々の墓に埋葬することができた。

さらに教皇により、約束通り家族の葬儀と、その名誉の回復もしてもらうことができた。

帝国軍が撤退したことで、アルファーロは平和を取り戻した。

そんなことをしたところで、家族は帰ってはこない。

アルファーロの国民の、かつての王家に対する心象が改善するにも、まだまだ時間がかかるだろう。

だが確かにほんの少しだけ、クラウディアは救われたような気がした。

きっと、そんなささやかな救いが、信仰の存在意義なのかもしれない。

信仰とは、きっと人がよりよく生きるための、仕組みのようなものなのだ。

神が示したという大罪。それは、本来人が生きる上で必要な大切な欲である。

けれどもやはり食べすぎはよくないし、我儘すぎるのもよくないし、贅沢のしすぎもよくないし、怠けすぎてもよくないし、人を羨んでばかりもよくないし、性的に乱れても、怒りに振り回されてもよくないのだ。

神の教えは、なんら間違っていない。

ただ、節度を守ろうというだけの話が、信心に絡んで厳格になりすぎてしまったのだろうとクラウディアは考えている。

信仰とは、劇薬だ。

人々を良き道へ導くこともあれば、人々に道を誤らせ地獄に叩き落とすこともある。

(結局、何事もほどよく節度を持って、ということなのでしょうね)

全てはそれに尽きる、ということだ。

保身が大好きな大神殿の神官たちは、もちろんあの大災害のきっかけが、愚かな神官たちによるクラウディア暗殺であり、その原因が神の子であるクルトであることを、緘口令を敷いて機密事項としているようだ。

だが、そのうちそれもまた漏れるのだろうなと、クラウディアは思っている。

なんせ人の口には、戸など立てられないものなのだから。

少なくとも今回の災害で帝国が大打撃を受けたことに対し、神の天罰が下ったという見方は広がってしまっている。

だがそれが自浄作用となって、神官たちの質が上がればいいと思う。

あまりにもエラルト神国の神官たちは、爛れているから。

クラウディアがため息混じりにそんなことを言えば、クルトは笑った。

「ああ、それならたぶん大丈夫だよ。少々釘を刺しておいたからね」

実は人の心を読むことができることを、クルトは教皇や高位神官たちに明かし、神官たちの罪や秘密を上げ連ね反省と更生を促していた、という話をクラウディアが知るのは、ずっと後のことである。

自身もずっと心を読まれていたと知って愕然としつつも、己の愚かさを全て知りながらも、なお愛を捧げてくれたクルトに、クラウディアがさらに心奪われることも。

そして、やがて死んだとき天国の門で神に全ての罪を暴かれるという教典の一節が、クルトの能力を知った者たちによって、真実である可能性が高いという認識が広がり、神官たちの乱れが一気に正されることとなったという逸話もまた。

大神殿の外に出ると、冷たい風が吹き、クルトがぶるりと体を震わせた。

どうやらさっそく、外の世界の洗礼を受けたようだ。

季節は初春だ。春とはいえど、まだしばらく寒さは続く。

「これが、『寒い』……！」

クルトが大げさに驚き、クラウディアがそれを見て、声を上げて笑う。

多くの信者たちの有志により、大神殿の修復作業も始まっている。

それほどの時間をかけず、大神殿はかつての姿を取り戻すことだろう。

エラルト神国の象徴であるが故に。

「本当に、ここを出ていかれるのですか？」

そんな修復途中の大神殿の前で、教皇が念押しをするように、クルトに聞いた。

おそらくは心配なのだろう。うっかり道中で何かがあって、またしてもクルトが大暴走して、世界が終わる、なんてことになってしまったら、目も当てられぬ大惨事である。

本当ならばできる限りクルトを、そして彼の逆鱗であるクラウディアを、己で管理監視できるところに置いておきたいのだろう。

「悪いけど、ここにはもう興味がないんだ」

だがもちろんクルトは鮸膠もない。

なんせ彼は、二十年以上大神殿にいたのだ。

この場所に、心底飽きているだろう。

「もう帰ってくることもないと思うよ。悪いけど諦めて」

今日も安定のクルト様だと、クラウディアは笑ってしまった。

当初大神殿を出ていくことに、神殿の上層部はもちろん難色を示したが、クルトが出ていくの一点張りだったため、最終的には折れた。

クルトの言っていた、「私が出ていくと言えば大丈夫」という言葉は真実だったのだ。

今や誰も彼の意思に口を出せない。

クルトが真実、化け物じみた神の子であったが故に。

あれこれ悩まず、最初からそうすればよかったと、クラウディアは落ち込んだ。

まあこんなにも早く簡単に話が進んだのは、クルトがその力を神殿上層部に見せつけたため、というのもあるのだろうが。

そしてめでたく本日を以って、クルトとクラウディアは神殿を出て、この大陸中を巡る旅に出ることになったのだ。

寝台の上で、共に旅の計画は完璧に立ててある。

なんせ行きたいところも見たいところも食べたいものも、数えきれないほどあるのだ。

「では、クルト様、クラウディア様。できるだけ暗くならないうちに出発しましょうか」

護衛の男性が、クルトとクラウディアに声をかける。

どうしても、と教皇をはじめとする神殿関係者たちに泣きつかれ、結局二人の自由を阻害しないという条件で、旅の間、数人の護衛をつけられることになった。

どうやら教団が信頼している、凄腕の傭兵の方々らしい。

そしてこの大災害を受けて、世界の平和を祈るため、大陸中の宗教施設や聖地を巡る『巡礼』という体裁を取ることで、旅費も教皇猊下に負担してもらうことになった。

大災害の原因が、世界の平和を祈るのもおかしな話だが、気にしてはいけない。

正直なところ、世間知らずの箱入り神の子と、これまた世間知らずの元王女の二人組である。

世間慣れしている護衛をつけてもらえたのは、ありがたいとも思っている。

さらに無一文な二人なので、潤沢に与えられた旅費もありがたい限りである。

他にも宝石の類をいくつか持ち出している。いざとなったら金に換えられるだろう。

「いいですか。旅の間、体調に何か変化があったら、すぐに私に言ってくださいね！」

旅装姿のリベリオが、クルトとクラウディアに告げる。

すっかり懐いてしまった彼もまた、クルトとクラウディアの世話係として、ついてくることになった。

医療に通じた人間が一人くらい同行したほうがいいだろう、という神殿からの配慮だ。

当初クルトは難色を示したが、確かにリベリオは目端が利くし、優秀な医師であり途中病気や怪我(けが)をしたときに困らない。

さらには大災害のせいで、大陸中が医師不足だ。

リベリオならば、どこに行っても重宝されることだろう。

『クラウディア様を害する薬を作った、その贖罪をしたいのです』

彼はそういって、旅の同行を願い出た。

本来ならば他人の命を救うべき医師が、人を害する薬を作った。

そのことが、リベリオの心を苛んだようだ。

旅の行く先々で、医師として人を救いたいのだと言う。

そしてリベリオの同行について、役に立つことは間違いないからと、クラウディアがクルトを説得することになった。

クラウディアとクルトの間に全く恋愛感情がないことは、クルトも理解しているらしく、最後には渋々ながらも受け入れた。

クラウディアを害したあの針の毒が、リベリオの調合したものと聞いて、クルトは怒り狂ったが、一方で彼女を救ったのもまた彼だと聞いて、複雑な思いを抱えているらしい。

彼でなければ、クラウディアの暗殺には、確実に死ぬ薬を使用されただろう。

思った以上に大所帯となってしまったが、万全を期した結果なので仕方がない。

もちろん生涯を旅に捧げるつもりはない。

このまま大陸中を回って、いつかもし気に入った土地を見つけたら、こっそり二人で夫婦として定住してしまおう、なんて話もしている。

「行こう、クラウディア」

クルトが手を差し伸べ、楽しそうに幸せそうに笑った。

その笑顔を、教皇が目を細めて見やる。まるで祖父のような視線で。

「……なるほど。我々は神のご意思をまるで理解していなかったのですね」

クラウディアはそれには答えず、曖昧に微笑むに留めた。

そしてクルトと手をつなぎ、歩き出す。

神の子は罪を覚え、人間になってしまった。

けれども人であるからこそ、人を理解し、人に寄り添うことができるのだろう。

これからの日々を思い、久しぶりに明日を楽しみにしている自分に気づき、クラウディアはまた笑った。

あとがき

ソーニャ文庫様では初めまして。クレインと申します。

この度は拙作『あなたが世界を壊すまで』をお手に取っていただき、誠にありがとうございます。

今作は、世界の滅びを望む亡国の王女と、その世界を滅ぼす力を持ちながら、彼女のおかげで初めて世界に興味を持ち、愛を知ってそれを拒む、神の子のお話です。

ソーニャ文庫様というと、皆様もご存知のように、独特のレーベルカラーをお持ちのレーベルです。そう、歪んだ愛は美しいですよね！

普段コメディ色の強い作品を主に書いている私が、今回初めてそのソーニャ様で書かせていただくにあたり、一体何を書けばいいのかと、お仕事をお引き受けした当時の担当様にお伺いしたところ『世界系の壮大な話はいかがですか？』とご提案いただきました。

多少残酷な話でも、ソーニャ様ならきっと大丈夫という謎の安心感により、単純な私は『よし！　ならば世界を壊そう！』という結論に至りまして。

そうしてこの作品『あなたが世界を壊すまで』が生まれました。

長く生きていると、『あー！　もう明日世界が滅んでしまえばいいのに』と思うくらいに苦しく辛い状況に追い込まれることが、誰しも一度はあると思うのです。

もちろん世界は滅びるわけもなく、明日は普通に来てしまうもの。

けれども今作のヒロインであるクラウディアは、喪ったものの大きさを受け入れられず、いっそ世界のほうが壊れてしまえばいいと、その思い込みの強さと持ち前の行動力で立ち上がります。

一方で、それを実現できる力を持つクルトは、ただ無味乾燥だった人生を美しく彩ってくれたクラウディアのせいで、逆に世界を滅ぼしたくなくなってしまいます。

そんな二人の行く末を、楽しんでいただけたら幸いです。

イラストをご担当いただきました、鈴ノ助先生。麗しく美しいクルトと可愛らしくも芯のあるクラウディアをありがとうございます！　美麗すぎて目が眩みました！

担当編集様。多々ご心配、ご迷惑をおかけいたしました。何とか無事形になりました！

この本に携わってくれた全ての皆様、ありがとうございます。

出張中にかの感染症に罹り家に帰ってこられなくなり、遠い地から心配と応援をしてくれた夫ありがとう。長きワンオペ生活でそのありがたみを思い知りました……。

そして最後にこの作品にお付き合いくださった皆様に、心よりお礼申し上げます。

ありがとうございました！

クレイン

この本を読んでのご意見・ご感想をお待ちしております。

◆ あて先 ◆

〒101-0051
東京都千代田区神田神保町2-4-7 久月神田ビル
㈱イースト・プレス　ソーニャ文庫編集部
クレイン先生／鈴ノ助先生

あなたが世界を壊すまで

2023年3月3日　第1刷発行

著　者　クレイン
イラスト　鈴ノ助（すずのすけ）
装　丁　imagejack.inc
発行人　永田和泉
発行所　株式会社イースト・プレス
〒101－0051
東京都千代田区神田神保町2－4－7 久月神田ビル
TEL 03－5213－4700　FAX 03－5213－4701
印刷所　中央精版印刷株式会社

ISBN 978-4-7816-9742-0
定価はカバーに表示してあります。